# फ़ैज़ की सदी

(लघु संचयन व विवेचन)

# फ़ैज़ की सदी

सम्पादक

रवीन्द्र कालिया

वाणी प्रकाशन ग्रुप

भारतीय ज्ञानपीठ

वाणी प्रकाशन : भारतीय ज्ञानपीठ की पुस्तकों के एकमात्र प्रकाशक एवं वितरक

पेपरबैक पहला संस्करण : 2016
पेपरबैक दूसरा संस्करण : 2025

लोकोदय ग्रन्थमाला : ग्रन्थांक 1090

प्रकाशक
वाणी प्रकाशन ग्रुप
4695, 21-ए, दरियागंज, नयी दिल्ली-110 002
फ़ोन : 011-23273167, 23275710
ईमेल : sales@vaniprakashan.in

ISBN : 978-93-6287-191-6

फ़ैज़ की सदी
(चुनिन्दा ग़ज़लें)
सम्पादक : रवीन्द्र कालिया



FAIZ KI SADI
(Faiz in nutshell)
Edited by : Ravindra Kalia

मुद्रक : नरूला प्रिंटर्स, दिल्ली-110 032

Price : INR. 200

# अनुक्रम

# चुनिन्दा ग़ज़लें

## इक तिरी दीद छिन गयी मुझसे
## वरना दुनिया में क्या नहीं बाक़ी

हिम्मते-इल्तिजा नहीं बाक़ी
ज़ब्त का हौसला नहीं बाक़ी

इक तिरी दीद छिन गयी मुझसे
वरना दुनिया में क्या नहीं बाक़ी

अपनी मश्क़े-सितम[1] से हाथ न खैंच
मैं नहीं या वफ़ा नहीं बाक़ी

तेरी चश्मे-अलमनवाज़[2] की ख़ैर
दिल में कोई गिला नहीं बाक़ी

हो चुका ख़त्म अह्दे-हिज्रो-विसाल[3]
ज़िन्दगी में मज़ा नहीं बाक़ी

1. अत्याचार का अभ्यास 2. दुख को पूछनेवाली (सहानुभूति रखनेवाली) आँख 3. विरह और मिलन के दिन

## आस उस दर से टूटती ही नहीं
## जा के देखा, न जा के देख लिया

राज़े-उल्फ़त छुपा के देख लिया
दिल बहुत कुछ जला के देख लिया

और क्या देखने को बाक़ी है
आप से दिल लगा के देख लिया

वो मिरे हो के भी मेरे न हुए
उनको अपना बना के देख लिया

आज उनकी नज़र में कुछ हमने
सबकी नज़रें बचा के देख लिया

'फ़ैज़' तकमीले-ग़म[1] भी हो न सकी
इश्क़ को आज़मा के देख लिया

आस उस दर से टूटती ही नहीं
जा के देखा, न जा के देख लिया

1. दुख की पूर्ति

## चलो 'फ़ैज़' फिर से कहीं दिल लगायें
## सुना है ठिकाने के दिन आ रहे हैं

नसीब आज़माने के दिन आ रहे हैं
क़रीब उनके आने के दिन आ रहे हैं

जो दिल से कहा है, जो दिल से सुना है
सब उनको सुनाने के दिन आ रहे हैं

अभी से दिलो-जाँ सरे-राह रख दो
कि लुटने-लुटाने के दिन आ रहे हैं

टपकने लगी उन निगाहों से मस्ती
निगाहें चुराने के दिन आ रहे हैं

सबा फिर हमें पूछती फिर रही है
चमन को सजाने के दिन आ रहे हैं

चलो 'फ़ैज़' फिर से कहीं दिल लगायें
सुना है ठिकाने के दिन आ रहे हैं

## वो बात सारे फ़साने में जिसका ज़िक्र न था
## वो बात उनको बहुत नागवार गुज़री है

तुम आये हो न शबे-इन्तिज़ार गुज़री है
तलाश में है सहर बार-बार गुज़री है

जुनूँ में जितनी भी गुज़री ब-कार गुज़री है
अगरचे दिल पे ख़राबी हज़ार गुज़री है

हुई है हज़रते-नासेह से गुफ़्तगू जिस शब
वो शब ज़रूर सरे-कू-ए-यार[1] गुज़री है

वो बात सारे फ़साने में जिसका ज़िक्र न था
वो बात उनको बहुत नागवार गुज़री है

न गुल खिले हैं, न उनसे मिले, न मय पी है
अजीब रंग में अब के बहार गुज़री है

चमन पे ग़ारते-गुलचीं[2] से जाने क्या गुज़री
क़फ़स से आज सबा बेक़रार गुज़री है

1. यार की गली में 2. फूल चुननेवाली की लायी हुई तबाही

## तुम्हारी याद के जब ज़ख़्म भरने लगते हैं
## किसी बहाने तुम्हें याद करने लगते हैं

हदीसे-यार के उनवाँ निखरने लगते हैं
तो हर हरीम[1] में गेसू सँवरने लगते हैं

हर अजनबी हमें महरम[2] दिखायी देता है
जो अब भी तेरी गली से गुज़रने लगते हैं

सबा से करते हैं ग़ुर्बत-नसीब[3] ज़िक्रे-वतन
तो चश्मे-सुब्ह में आँसू उभरने लगते हैं

वो जब भी करते हैं इस नुत्क़ो-लब[4] की बख़ियागरी
फ़ज़ा में और भी नग़मे बिखरने लगते हैं

दरे-क़फ़स[5] पे अँधेरे की मुह्र लगती है
तो 'फ़ैज़' दिल में सितारे उतरने लगते हैं

1. घर 2. परिचित 3. परदेसी 4. वाणी और होंठ 5. कारागार का द्वार

## कर रहा था ग़मे-जहाँ का हिसाब
## आज तुम याद बे-हिसाब आये

आये कुछ अब्र, कुछ शराब आये
उसके बाद आये जो अज़ाब[1] आये

बामे-मीना[2] से माहताब[3] उतरे
दस्ते-साक़ी[4] में आफ़ताब[5] आये

हर रगे-ख़ूँ में फिर चिराग़ाँ हो
सामने फिर वो बे-नक़ाब आये

उम्र के हर वरक़ पे दिल को नज़र
तेरी मेह्रो-वफ़ा[6] के बाब[7] आये

कर रहा था ग़मे-जहाँ का हिसाब
आज तुम याद बे-हिसाब आये

न गयी तेरे ग़म की सरदारी
दिल में यूँ रोज़ इनक़लाब आये

जल उठे बज़्मे-ग़ैर के दरो-बाम
जब भी हम ख़ानमाँ-ख़राब[8] आये

इस तरह अपनी ख़ामशी गूँजी
गोया हर सिम्त से जवाब आये

'फ़ैज़' थी राह सर-ब-सर मंज़िल
हम जहाँ पहुँचे कामयाब आये

1. मुसीबत 2. सुराही के छज्जे पर से 3. चाँद 4. साक़ी का हाथ 5. सूरज 6. कृपा और निष्ठा 7. अध्याय 8. जिसका घर उजड़ गया हो

## जब तुझे याद कर लिया, सुबह महक-महक उठी
## जब तिरा ग़म जगा लिया, रात मचल-मचल उठी

शामे-फ़िराक़[1] अब न पूछ आई और आके टल गई
दिल था कि फिर बहल गया, जाँ थी कि फिर सँभल गई

बज़्मे-ख़्याल में तिरे हुस्न की शम्अ जल गई
दर्द का चाँद बुझ गया, हिज्र की रात ढल गई

जब तुझे याद कर लिया, सुबह महक-महक उठी
जब तिरा ग़म जगा लिया, रात मचल-मचल गई

दिल से तो हर मुआ'मला करके चले थे साफ़ हम
कहने में उनके सामने बात बदल-बदल गई

आख़िरे-शब[2] के हमसफ़र 'फ़ैज़' न जाने क्या हुए
रह गई किस जगह सबा[3], सुबह किधर निकल गई

1. विरह की शाम 2. पिछला पहर 3. सुगन्धित पवन

# जाओ सो रहो सितारो
# दर्द की रात ढल चली है

बात बस से निकल चली है
दिल की हालत सँभल चली है

जब जुनूँ हद से बढ़ चला है
अब तबीअत बहल चली है

अश्क ख़ूँनाब[1] हो चले हैं
ग़म की रंगत बदल चली है

या यूँ ही बुझ रही हैं शम्एँ
या शबे-हिज्र टल चली है

लाख पैग़ाम हो गये हैं
जब सबा एक पल चली है

जाओ, अब सो रहो सितारो
दर्द की रात ढल चली है

1. ख़ून के रंग के

## दोनों जहान तेरी मुहब्बत में हार के
## वो जा रहा है कोई शबे-ग़म गुज़ार के

वीराँ है मयकदा, ख़ुमो-साग़र उदास हैं
तुम क्या गये कि रूठ गये दिन बहार के

इक फ़ुर्सते-गुनाह मिली, वो भी चार दिन
देखे हैं हमने हौसले परवरदिगार के

दुनिया ने तेरी याद से बेगाना कर दिया
तुझसे भी दिलफ़रेब हैं ग़म रोज़गार के

भूले से मुस्करा तो दिये थे वो आज 'फ़ैज़'
मत पूछ वलवले दिले-नाकर्दाकार[1] के

1. अनुभवहीन हृदय

## उठकर तो आ गये हैं तिरी बज़्म से मगर
## कुछ दिल ही जानता है कि किस दिल से आये हैं

सब क़त्ल होके तेरे मुक़ाबिल से आये हैं
हम लोग सुर्खरू[1] हैं कि मंज़िल से आये हैं

शम्ए-नज़र, ख़याल के अंजुम[2], जिगर के दाग़
जितने चिराग़ हैं तिरी महफ़िल से आये हैं

उठकर तो आ गये हैं तिरी बज़्म से मगर
कुछ दिल ही जानता है कि किस दिल से आये हैं

हर इक क़दम अजल[3] था, हर इक गाम ज़िन्दगी
हम घूम-फिर के कूचा-ए-क़ातिल से आये हैं

बादे-ख़िजाँ[4] का शुक्र करो 'फ़ैज़' जिसके हाथ
नामे[5] किसी बहार-शमाइल[6] से आये हैं

1. सफल, विजयी 2. सितारे 3. मौत 4. पतझड़ की हवा 5. चिट्ठियाँ 6. बहार जैसे स्वभाव वाला

## कब ठहरेगा दर्द ऐ दिल, कब रात बसर होगी
## सुनते थे वो आयेंगे, सुनते थे सहर होगी

कब जान लहू होगी, कब अश्क गुहर[1] होगा
किस दिन तिरी शनवाई[2] ऐ दीदा-ए-तर होगी

कब महकेगी फ़स्ले-गुल, कब बहकेगा मयख़ान:
कब सुब्हे-सुख़न होगी, कब शामे-नज़र होगी

वाइज़[3] है न ज़ाहिद[4] है, नासेह है न क़ातिल है
अब शह्र में यारों की किस तरह बसर होगी

कब तक अभी रह देखें ऐ क़ामते-जानाना[5]
कब हश्र मुअय्यन[6] है तुझको तो ख़बर होगी

1. मोती 2. सुनवाई 3. धर्मोपदेशक 4. नियम-संयम का पालन करने वाला 5. प्रेमिका का डीलडौल (शरीर) 6. निश्चित

## 'आपकी याद आती रही रात-भर'
## चाँदनी दिल दुखाती रही रात-भर

गाह जलती हुई, गाह बुझती हुई
शम-ए-ग़म झिलमिलाती रही रात-भर

कोई ख़ुशबू बदलती रही पैरहन[1]
कोई तस्वीर गाती रही रात-भर

फिर सबा[2] साया-ए-शाख़े-गुल[3] के तले
कोई क़िस्सा सुनाती रही रात-भर

जो न आया उसे कोई ज़ंजीरे-दर[4]
हर सदा पर बुलाती रही रात-भर

एक उमीद से दिल बहलता रहा
इक तमन्ना सताती रही रात-भर

1. वस्त्र 2. ठंडी हवा 3. गुलाब की टहनी की छाया 4. दरवाज़े की साँकल

*(यह ग़ज़ल मख़्दूम की एक ग़ज़ल के बहाने फ़ैज़ ने लिखी थी।)*

## और कुछ देर न गुज़रे शबे-फ़ुरक़त से कहो
## दिल भी कम दुखता है, वो याद भी कम आते हैं

दिल में अब यों तिरे भूले हुए ग़म आते हैं
जैसे बिछुड़े हुए काबे में सनम[1] आते हैं

एक-इक करके हुए जाते हैं तारे रौशन
मेरी मंज़िल की तरफ़ तेरे क़दम आते हैं

रक़्से-मय[2] तेज़ करो, साज़ की लय तेज़ करो
सू-ए-मयख़ाना[3] सफ़ीराने-हरम[4] आते हैं

कुछ हमीं को नहीं एहसान, उठाने का दिमाग़
वो तो जब आते हैं माइल-ब-करम[5] आते हैं

और कुछ देर न गुज़रे शबे-फ़ुरक़त से कहो
दिल भी कम दुखता है, वो याद भी कम आते हैं

1. मूर्तियाँ 2. मदिरा का नृत्य 3. मयख़ाने की तरफ़ 4. मस्ज़िद के दूत 5. कृपा करने को तैयार

# गुलों में रंग भरे बादे-नौबहार चले
# चले भी आओ कि गुलशन का कारोबार चले

क़फ़स उदास है यारो सबा से कुछ तो कहो
कहीं तो बह्‌रे-ख़ुदा आज ज़िक्रे-यार चले

कभी तो सुबह तिरे कुंजे-लब[1] से हो आग़ाज़
कभी तो शब सरे-काकुल[2] से मुश्कबार चले

बड़ा है दर्द का रिश्ता ये दिल ग़रीब सही
तुम्हारे नाम पे आयेंगे ग़मगुसार चले

जो हम पे गुज़री सो गुज़री मगर शबे-हिज्राँ
हमारे अश्क तिरी आक़बत सँवार चले

हुज़ूरे-यार हुई दफ़्तरे-जुनूँ की तलब
गिरह में लेके गरेबाँ का तार-तार चले

मुक़ाम, 'फ़ैज़' कोई राह में जचा ही नहीं
जो कू-ए-यार से निकले तो सू-ए-दार चले

1. होंठ का कोना 2. लटों का सिरा

## दिल ना-उम्मीद तो नहीं, नाकाम ही तो है
## लम्बी है ग़म की शाम मगर शाम ही तो है

हम पर तुम्हारी चाह का इल्ज़ाम ही तो है
दुश्मन[1] तो नहीं है ये इकराम[2] ही तो है

करते हैं जिस पे तान[3] कोई जुर्म तो नहीं
शौक़े-फ़ुज़ूलो-उल्फ़ते-नाकाम ही तो है

दिल मुद्दई के हर्फ़े-मलामत[4] से शाद है
ऐ जाने-जाँ ये हर्फ़ तिरा नाम ही तो है

दिल ना-उम्मीद तो नहीं, नाकाम ही तो है
लम्बी है ग़म की शाम मगर शाम ही तो है

दस्ते-फ़लक[5] में गर्दिशे-तक़दीर तो नहीं
दस्ते-फ़लक में गर्दिशे-अय्याम ही तो है

आख़िर तो एक रोज़ करेगी नज़र वफ़ा
वो यारे-ख़ुशख़साल[6] सरे-बाम ही तो है

भीगी है रात 'फ़ैज़' ग़ज़ल इब्तिदा करो
वक़्ते-सरोद[7], दर्द का हंगाम ही तो है

1. गाली 2. कृपा 3. व्यंग्य 4. निंदा का शब्द 5. आसमान का हाथ 6. अच्छे गुणोंवाला घर 7. गाने का वक़्त

# अब किसी लैला को भी इक़रारे-महबूबी नहीं
# इन दिनों बदनाम है हर एक दीवाने का नाम

रंग पैराहन का, ख़ुशबू ज़ुल्फ़ लहराने का नाम
मौसमे-गुल है तुम्हारे बाम पर आने का नाम

दोस्तो उस चश्म-ओ-लब की कुछ कहो जिसके बग़ैर
गुलसिताँ की बात रंगीं है न मयख़ाने का नाम

फिर नज़र में फूल महके, दिल में फिर शम्एँ जलीं
फिर तसव्वुर ने लिया उस बज़्म में जाने का नाम

दिलबरी ठहरा ज़बाने-ख़ल्क़[1] खुलवाने का नाम
अब नहीं लेते परी-रू[2] ज़ुल्फ़ बिखराने का नाम

अब किसी लैला को भी इक़रारे-महबूबी नहीं
इन दिनों बदनाम है हर एक दीवाने का नाम

मुहतसिब की ख़ैर, ऊँचा है उसी के फ़ैज़ से
रिन्द का, साक़ी का, मय का, ख़ुम का, पैमाने का नाम

हमसे कहते हैं चमनवाले, ग़रीबाने-चमन[3]
तुम कोई अच्छा-सा रख लो अपने वीराने का नाम

'फ़ैज़' उनको है तक़ाज़ा-ए-वफ़ा हमसे जिन्हें
आशना के नाम से प्यारा है बेगाने का नाम

1. दुनिया की ज़बान 2. परियों जैसे चेहरेवाले 3. जो चमन से बाहर चले गये

# चुनिन्दा नज़्में

# और भी दुख हैं ज़माने में मुहब्बत के सिवा...

मुझसे पहली-सी मुहब्बत मिरे महबूब न माँग
मैंने समझा था कि तू है तो दरख़्शाँ[1] है हयात[2]
तेरा ग़म है तो ग़मे-दह्र[3] का झगड़ा क्या है?
तेरी सूरत से है आलम में बहारों को सबात[4]
तेरी आँखों के सिवा दुनिया में रक्खा क्या है?
तू जो मिल जाये तो तक़दीर निगूँ[5] हो जाये
यूँ न था, मैंने फ़क़त चाहा था यूँ हो जाये

और भी दुख हैं ज़माने में मुहब्बत के सिवा
राहतें और भी हैं वस्ल[6] की राहत के सिवा

अनगिनत सदियों के तारीक बहीमाना[7] तिलिस्म
रेशम-ओ-अतलस-ओ-कमख़्वाब में बुनवाये हुए
जा-ब-जा बिकते हुए कूचाओ-बाज़ार में जिस्म
ख़ाक में लिथड़े हुए, ख़ून में नहलाये हुए
जिस्म निकले हुए अमराज़[8] के तन्नूरों से
पीप बहती हुई गलते हुए नासूरों से
लौट जाती है उधर को भी नज़र क्या कीजे
अब भी दिलकश है तिरा हुस्न मगर क्या कीजे

और भी दुख हैं ज़माने में मुहब्बत के सिवा
राहतें और भी हैं वस्ल की राहत की सिवा
मुझसे पहली-सी मुहब्बत मिरे महबूब न माँग!

1. चमकदार 2. जीवन 3. दुनिया का दुख 4. स्थिरता 5. उलट जाना, बदल जाना 6. प्रणय 7. पाशविक, बर्बर 8. बीमारियाँ

## अब जुल्म की मीआद के दिन थोड़े हैं...

चन्द रोज़ और मिरी जान! फ़क़त चन्द ही रोज़
जुल्म की छाँव में दम लेने पे मजबूर हैं हम
और कुछ देर सितम सह लें, तड़प लें, रो लें
अपने अजदाद[1] की मीरास[2] हैं माज़ूर[3] हैं हम
जिस्म पर क़ैद है, जज़्बात पे ज़ंजीरें हैं
फ़िक्र महबूस[4] है, गुफ़्तार पे ताज़ीरें[5] हैं

अपनी हिम्मत है कि हम फिर भी जिये जाते हैं
ज़िन्दगी क्या किसी मुफ़लिस की क़बा है जिसमें
हर घड़ी दर्द के पैबन्द लगे जाते हैं
लेकिन अब जुल्म की मीआद के दिन थोड़े हैं
इक ज़रा सब्र, कि फ़रियाद के दिन थोड़े हैं

अर्सए-दह्र[6] की झुलसी हुई वीरानी में
हमको रहना है तो यूँ ही तो नहीं रहना है
अजनबी हाथों का बे-नाम गराँबार[7] सितम
आज सहना है हमेशा तो नहीं सहना है

ये तिरे हुस्न से लिपटी हुई आलाम[8] की गर्द
अपनी दो-रोज़ा जवानी की शिकस्तों का शुमार
चाँदनी रातों का बेकार दहकता हुआ दर्द
दिल की बे-सूद तड़प, जिस्म की मायूस पुकार
चन्द रोज़ और मिरी जान! फ़क़त चन्द ही रोज़!

1. पूर्वज 2. देन, धरोहर 3. लाचार 4. बन्दी 5. प्रतिबन्ध 6. संसार का मैदान 7. भारी, बोझिल 8. दुख

# बोल, कि लब आज़ाद हैं तेरे...

बोल, कि लब आज़ाद हैं तेरे
बोल, ज़बाँ अब तक तेरी है
तेरा सुतवाँ[1] जिस्म है तेरा
बोल, कि जाँ अब तक तेरी है!

देख कि आहंगर[2] की दुकाँ[3] में
तुन्द[4] हैं शोले, सुर्ख़ है आहन[5]
खुलने लगे क़ुफ़्लों के दहाने[6]
फैला हर इक जंज़ीर का दामन!

बोल, ये थोड़ा वक़्त बहुत है
जिस्म-ओ-ज़बाँ की मौत से पहले
बोल, कि सच ज़िन्दा है अब तक
बोल, जो कुछ कहना है कह ले!

1. सुडौल 2. लोहार 3. दुकान 4. तेज़ 5. लोहा 6. तालों के मुख

## चले चलो कि वह मंज़िल अभी नहीं आई...

ये दाग़-दाग़ उजाला, ये शबगज़ीदा[1] सहर
वो इन्तिज़ार था जिसका, ये वो सहर तो नहीं

ये वो सहर तो नहीं जिसकी आरज़ू लेकर
चले थे यार कि मिल जायेगी कहीं न कहीं
फ़लक के दश्त में तारों की आख़िरी मंज़िल
कहीं तो होगा शबे-सुस्तमौज का साहिल
कहीं तो जाके रुकेगा सफ़ीनए-ग़मे-दिल
जवाँ लहू की पुर-असरार[2] शाहराहों से
चले जो यार तो दामन पे कितने हाथ पड़े
दयारे-हुस्न की बे-सब्र ख़्वाबगाहों से
पुकारती रहीं बाँहें, बदन बुलाते रहे
बहुत अज़ीज़ थी लेकिन रुख़े-सहर की लगन
बहुत क़रीब[3] था हसीनान-ए-नूर का दामन
सुबुक-सुबुक थी तमन्ना, दबी-दबी थी थकन

सुना है हो भी चुका है फ़िराक़े-ज़ुल्मत-ओ-नूर[4]
सुना है हो भी चुका है विसाले-मंज़िल-ओ-गाम[5]
बदल चुका है बहुत अहले-दर्द का दस्तूर
निशाते-वस्ल हलाल-ओ-अज़ाबे-हिज्र[6] हराम
जिगर की आग, नज़र की उमंग, दिल की जलन
किसी पे चारए-हिज्राँ[7] का कुछ असर ही नहीं
कहाँ से आई निगारे-सबा किधर को गई
अभी चिराग़े-सरे-रह को कुछ ख़बर ही नहीं
अभी गरानी-ए-शब में कमी नहीं आई
नजाते-दीदा-ओ-दिल की घड़ी नहीं आई
चले चलो कि वह मंज़िल अभी नहीं आई

1. रात की डसी हुई 2. रहस्यमय 3. निकट 4. अँधेरे और रौशनी का अलगाव 5. मंज़िल और क़दम का मिलन 6. विरह की मुसीबत 7. विरह का समाधान

## ये रात भर की जुदाई तो कोई बात नहीं...

निसार मैं तिरी गलियों के ऐ वतन, कि जहाँ
चली है रस्म कि कोई न सर उठाके चले
जो कोई चाहने वाला तवाफ़[1] को निकले
नज़र चुराके चले, जिस्म-ओ-जाँ बचाके चले
है अह्ले-दिल के लिए अब ये नज़्मे-बस्त-ओ-कुशाद[2]
कि संग-ओ-ख़िश्त[3] मुक़य्यद[4] हैं और सग[5] आज़ाद
बहुत है ज़ुल्म के दस्ते-बहाना-जू[6] के लिए
जो चन्द अह्ले-जुनूँ तेरे नामलेवा हैं
बने हैं अह्ले-हवस, मुद्दई भी, मुंसिफ़ भी
किसे वकील करें, किससे मुंसिफ़ी चाहें
मगर गुज़ारने वालों के दिन गुज़रते हैं
तिरे फ़िराक़ में यूँ सुब्ह-ओ-शाम करते हैं
बुझा जो रौज़ने-ज़िन्दाँ तो दिल ये समझा है
कि तेरी माँग सितारों से भर गयी होगी
चमक उठे हैं सलासिल[7] तो हमने जाना है
कि अब सहर तिरे रुख़ पर बिखर गयी होगी
ग़रज़ तसव्वुरे-शाम-ओ-सहर में जीते हैं
गिरिफ़्ते-सायए-दीवार-ओ-दर में जीते हैं
युँही हमेशा उलझती रही है ज़ुल्म से ख़ल्क़
न उनकी रस्म नयी है, न अपनी रीत नयी
युँही हमेशा खिलाये हैं हमने आग में फूल

न उनकी हार नयी है, न अपनी जीत नयी
इसी सबब से फ़लक का गिला नहीं करते
तिरे फ़िराक़ में हम दिल बुरा नहीं करते
गर आज तुझसे जुदा हैं तो कल बहम[8] होंगे
ये रात-भर की जुदाई तो कोई बात नहीं
गर आज औज[9] पे है तालए-रक़ीब[10] तो क्या
ये चार दिन की ख़ुदाई तो कोई बात नहीं
जो तुझसे अह्द-ओ-वफ़ा उस्तुवार[11] रखते हैं
इलाजे-गर्दिशे-लैल-ओ-निहार[12] रखते हैं

1. परिक्रमा 2. बन्धन और मुक्ति की व्यवस्था 3. ईंट-पत्थर 4. क़ैद 5. कुत्ते 6. बहाना ढूँढनेवाले हाथ 7. जंज़ीरें 8. मिलेंगे 9. शिखर 10. प्रतिद्वन्द्वी 11. पक्का 12. रात और दिन के क्रम का इलाज

## शीशों का मसीहा कोई नहीं क्या आस लगाये बैठे हो

मोती हो कि शीशा, जाम कि दुर[1]
जो टूट गया, सो टूट गया
कब अश्कों[2] से जुड़ सकता है
जो टूट गया, सो छूट गया

तुम नाहक़ टुकड़े चुन-चुन कर
दामन में छुपाये बैठे हो
शीशों का मसीहा कोई नहीं
क्या आस लगाये बैठे हो

शायद कि इन्हीं टुकड़ों में कहीं
वो साग़रे-दिल है, जिसमें कभी
सद[3] नाज़ से उतरा करती थी
सहबा-ए-ग़मे-जानाँ[4] की परी

फिर दुनियावालों ने तुमसे
ये साग़र लेकर फोड़ दिया
जो मय थी बहा दी मिट्टी में
मेहमान का शहपर[5] तोड़ दिया

ये रंगीं रेज़े[6] हैं शायद
उन शोख़ बिलौरी सपनों के
तुम मस्त जवानी में जिनसे
ख़ल्वत[7] को सजाया करते थे

नादारी, दफ़्तर, भूख और ग़म
उन सपनों से टकराते थे
बेरह्म था चौमुख पथराव
ये काँच के ढाँचे क्या करते

या शायद इन ज़र्रों में कहीं
मोती है तुम्हारी इज़्ज़त का
वो जिससे तुम्हारे इज्ज़[8] पे भी
शमशादक़दों[9] ने नाज़ किया

उस माल की धुन में फिरते थे
ताजिर भी बहुत, रहज़न[10] भी कई
है चोरनगर, याँ मुफ़लिस की
गर जान बची तो आन गयी

ये साग़र-शीशे, लाल-ओ-गुहर
सालिम हों तो क़ीमत पाते हैं
यूँ टुकड़े-टुकड़े हों तो फ़क़त
चुभते हैं लहू रुलवाते हैं

तुम नाहक़ शीशे चुन-चुनकर
दामन में छुपाये बैठे हो
शीशों का मसीहा कोई नहीं
क्या आस लगाये बैठे हो

यादों के गिरेबानों के रफ़ू
पर दिल की गुज़र कब होती है
इक बख़िया उधेड़ा, एक सिया
यूँ उम्र बसर कब होती है

इस कारगहे-हस्ती में जहाँ
ये साग़र-शीशे ढलते हैं
हर शै का बदल मिल सकता है
सब दामन पुर हो सकते हैं

जो हाथ बढ़े यावर[11] है यहाँ
जो आँख उठे, वो बख़्तावर[12]
याँ धन-दौलत का अन्त नहीं
हों घात में डाकू लाख मगर

कब लूट-झपट से हस्ती की
दूकानें ख़ाली होती हैं
याँ परबत-परबत हीरे हैं
याँ सागर-सागर मोती हैं

कुछ लोग हैं जो इस दौलत पर
पर्दे लटकाते फिरते हैं
हर परबत को हर सागर को
नीलाम चढ़ाते फिरते हैं

कुछ वो भी हैं जो लड़-भिड़ कर
ये पर्दे नोच गिराते हैं
हस्ती के उठाईगीरों की
हर चाल उलझाये जाते हैं

इन दोनों में रन पड़ता है
नित बस्ती-बस्ती, नगर-नगर
हर बसते घर के सीने में
हर चलती राह के माथे पर

ये कालिख भरते फिरते हैं
वो जोत जगाते रहते हैं
ये आग लगाते फिरते हैं
वो आग बुझाते रहते हैं

सब साग़र शीशे लाल-ओ-गुहर
इस बाज़ी में बद जाते हैं
उट्ठो सब ख़ाली हाथों को
इस रन से बुलावे आते हैं

1. मोती 2. आँसुओं 3. सौ 4. प्रेमिका के विरह की मदिरा 5. डैना, सबसे मुख्य पंख 6. कण 7. एकान्त 8. विनम्रता 9. सरो के पेड़ जैसे क़दवाले 10. बटमार 11.मददगार 12. भाग्यवान

# अपने दिल पर मुझे क़ाबू नहीं रहता है...

आ कि वाबस्ता[1] हैं उस हुस्न की यादें तुझ से
जिसने इस दिल को परीख़ाना बना रक्खा था
जिसकी उल्फ़त में भुला रक्खी थी दुनिया हमने
दह्‌र[2] को दह्‌र का अफ़साना बना रक्खा था

आशना हैं तिरे क़दमों से वो राहें जिन पर
उसकी मदहोश जवानी ने इनायत की है
कारवाँ गुज़रे हैं जिनसे उसी रानाई[3] के
जिसकी इन आँखों ने बे-सूद[4] इबादत[5] की है

तुझसे खेली हैं वो महबूब हवाएँ जिनमें
उसके मलबूस[6] की अफ़सुर्दा[7] महक बाक़ी है
तुझ पे भी बरसा है उस बाम से महताब का नूर
जिसमें बीती हुई रातों की कसक बाक़ी है

तूने देखी है वो पेशानी[8] वो रुख़सार[9] वो होंठ
जिन्दगी जिनके तसव्वुर[10] में लुटा दी हमने
तुझ पे उट्‌ठी हैं वो खोई हुई साहिर[11] आँखें
तुझको मालूम है क्यों उम्र गवाँ दी हमने

हम पे मुश्तरिका[12] हैं एहसान ग़मे-उल्फ़त के
इतने एहसान कि गिनवाऊँ तो गिनवा न सकूँ
हमने इस इश्क़ में क्या खोया है क्या सीखा है
जुज़[13] तेरे और को समझाऊँ तो समझा न सकूँ

आजिज़ी[14] सीखी ग़रीबों की हिमायत सीखी
यासो-हिरमान[15] के दुख-दर्द के मानी सीखे
ज़ेरदस्तों के मसाइब[16] को समझना सीखा

सर्द आहों के रुखे-ज़र्द[17] के मानी सीखे

जब कहीं बैठ के रोते हैं वो बेकस जिनके
अश्क आँखों में बिलकते हुए सो जाते हैं
नातवानों[18] के निवालों पे झपटते हैं उक़ाब[19]
बाज़ू तोले हुए मँडलाते हुए आते हैं

जब कभी बिकता है बाज़ार में मज़दूर का ग़ोश्त
शाहराहों[20] पे ग़रीबों का लहू बहता है
या कोई तोंद का बढ़ता हुआ सैलाब लिये
फ़ाक़ामस्तों[21] को डुबोने के लिए कहता है
आग-सी सीने में रह-रह के उबलती है न पूछ
अपने दिल पर मुझे क़ाबू ही नहीं रहता है

1. जुड़ी हुई 2. दुनिया 3. छटा 4. व्यर्थ 5. उपासना, पूजा 6. वस्त्र 7. उदास 8. माथा 9. गाल 10. कल्पना 11. जादूगर 12. समान 13. अतिरिक्त 14. विनम्रता 15. आशा व निराशा 16. निर्बलों की व्यथाएँ 17. पीला चेहरा 18. शक्तिहीन 19. गरुड़ 20. राजपथ 21. भूख में मस्त रहनेवाले

## कुछ इश्क़ किया कुछ काम किया...

वो लोग बहुत ख़ुश-क़िस्मत थे
जो इश्क़ को काम समझते थे
या काम से आशिक़ी करते थे
हम जीते-जी मसरूफ़ रहे
कुछ इश्क़ किया, कुछ काम किया

काम इश्क़ के आड़े आता रहा
और इश्क़ से काम उलझता रहा
फिर आख़िर तंग आकर हमने
दोनों को अधूरा छोड़ दिया।

# कि ख़ूने-दिल में डुबो ली हैं उँगलियाँ मैंने

मताए-लौह-ओ-क़लम[1] छिन गयी तो क्या ग़म है
कि ख़ूने-दिल में डुबो ली हैं उँगलियाँ मैंने
ज़बाँ पे मुह्र लगी है तो क्या, कि रख दी है
हर एक हल्क़ा-ए-जंज़ीर[2] में ज़बाँ मैंने

1. क़लम और तख़्ती की पूँजी 2. ज़ंजीर की कड़ी

# बक़लम ख़ुद

# और जो मैं करना चाहता हूँ

## फ़ैज़ अहमद फ़ैज़

### अनुवाद : धर्मेन्द्र सुशान्त

*07 मार्च 1984 को, अपनी मौत के महज़ आठ महीने पहले, फ़ैज़ अहमद फ़ैज़ को इस्लामाबाद में 'एशिया स्टडी ग्रुप' में बातचीत के लिए आमन्त्रित किया गया था। उस बातचीत का किंचित सम्पादित प्रारूप (उन्होंने तात्कालिक तौर पर बातें की थीं) पहली बार **पाकिस्तान टाइम्स** द्वारा उनकी जयन्ती के अवसर पर 13 फरवरी 1990 को प्रकाशित किया गया था। — सम्पादक*

**मुझे आमन्त्रित करने के लिए** बहुत-बहुत धन्यवाद, मैंने पाशा से पूछा कि वह मुझसे किस विषय पर बुलवाना चाहते हैं। उन्होंने कहा, ''ख़ुद अपने बारे में और अभी तक आप जो करना चाहते रहे हैं।'' एक तरह से, यह राहत थी। इसका मतलब था कि मुझे किसी विमर्श की तैयारी नहीं करनी थी। ठीक उसी समय, मैंने इसे दो कारणों से घबरा देने वाला पाया : पहला, क्योंकि कुछ वर्षों में मैं उस उम्र में पहुँच गया हूँ, जिसे डिजरायली ने 'बुढ़ापे की उम्र' (द एज ऑव एनेक्डॉट्स) कहा है; और दूसरा, क्योंकि वक़्त के एक अचेतन ढाँचे में, मेरे पास ऐसा लम्बा समय रहा है, जिसमें जीना मैं नहीं जान सका, मैं आश्वस्त नहीं हूँ कि किस तरह एक लम्बी कहानी को मैं छोटा कर सकता हूँ।

मैं एक कुलीन सज्जन के घर पैदा हुआ था, जो उन्नीसवीं सदी के जाँबाज़ थे, जिनका जीवन, मेरे जीवन से काफ़ी अधिक विविधतापूर्ण या रंगीन था। वह हमारे सियालकोट जिले के एक छोटे-से गाँव में एक भूमिहीन किसान के घर पैदा हुए थे। और, जैसी कहानी उन्होंने हमें सुनाई थी, उसके मुताबिक, (जिसे गाँव के दूसरे लोगों द्वारा प्रमाणित भी किया गया था) चूँकि उनके पिता भूमिहीन किसान थे, उन्हें उन लोगों से पशुओं को चराने का काम मिलता था, जिनके पास कुछ ज़मीन थी। उन्होंने कहा, ''मैं जानवरों को गाँव के बाहर ले जाया करता था, और मैंने पाया कि वहाँ एक स्कूल है, गाँव से थोड़ी दूरी पर। मैं ढोरों को चरने के लिए छोड़ देता और स्कूल में जाकर बैठ जाता।'' इस तरह, उन्होंने

अपनी प्राथमिक कक्षा पास की। इसके बाद उन्होंने कहा, "उसके आगे की पढ़ाई मेरे गाँव में नहीं थी, इसलिए मैं लाहौर भाग गया।" वहाँ वह एक मस्जिद में रहे और उन्होंने कहा, "शाम में मैं रेलवे स्टेशन चला जाता था और कुली का काम करता था। उन्हीं दिनों के दौरान, मैं अध्ययन कर सका। और हमारे वक़्त में हरेक मस्जिद में ग़रीब विद्यार्थियों को घर की तरह ठिकाना मिल जाता था, (दुर्भाग्य से, यह उन रिवाज़ों में से एक है, जो ख़त्म हो चुके हैं।) और इलाके के लोगों की तरफ़ से खाना मिल जाता था, और ख़ुद मस्जिद के मौलवी या किसी और द्वारा शिक्षा मुहैया करायी जाती थी, सो मैंने मुफ़्त में शिक्षा पायी।"

जब वह उस मस्जिद में रह रहे थे, ऐसा हुआ कि एक अफ़गान अधिकारी पंजाब सरकार का परामर्शदाता था। वह उस मस्जिद में आकर नमाज़ पढ़ता था। उसने इस युवा लड़के को देखा बल्कि उसने उसे पसन्द किया और कहा, "देखो, हम अफ़गानिस्तान के लिए एक अँग्रेजी इंटरप्रेटर चाहते हैं।" यह नादिर शाह से पहले, अफ़गानिस्तान के शासक के दादा का वक़्त था, क्योंकि हरेक दो-तीन साल में, एक वंश सत्ताच्युत हो जाता था और दूसरा वंश सत्ता में आ जाता था। जो वंश 1924-1925 में सत्ताच्युत हुआ वह अमानुल्लाह खान का था, जिनके दादा उस समय राजा थे। ख़ैर, वह राजा एक अँग्रेजी इंटरप्रेटर चाहते थे, क्योंकि वह ऐसा समय था, जब ब्रिटिश और अफ़गानों के बीच डुरांड सन्धि (Durand Treaty) तय हो रही थी। इसलिए उस अफ़गान राजनयिक ने कहा, "क्या तुम अफ़गानिस्तान जाना पसन्द करोगे?" मेरे पिता ने कहा, "क्यों नहीं। मेरे पास करने को और कुछ नहीं है।" राजा ने सबसे पहले उन्हें इंटरप्रेटर के रूप में नियुक्त किया, तब उसने ब्रिटिश से समझौता किया। आगे चलकर, वह उसके मुख्य सचिव हो गये, उसके बाद उसके मन्त्री हो गये, और इसी तरह आगे चलता रहा। उनके समय में अनेक कबीले थे जीते गये और हर बार जब कोई कबीला जीत लिया जाता था, विजित कबीले की राजकुमारियाँ दरबारियों के बीच बाँटी जाती थीं। मेरे पिता ने भी अपना हिस्सा पाया, जो मेरी सौतेली माँएँ हुईं। (मैं नहीं जानता कितनीं, तीन या चार)।

ख़ैर, राजा की सेवा में लगभग पन्द्रह साल गुज़ारने के बाद, वह ऊब गये, क्योंकि वह एक बाहरी थे और स्वाभाविक रूप से दरबार के सभी मन्त्री और अधिकारी सामन्त थे। इसलिए वे इस आदमी के प्रति विद्वेषी हो उठे, जो उनके परिरक्षित हक का अतिक्रमण कर रहा था। उन्होंने कहा कि प्राय: उन्हें ब्रिटिश जासूस बतलाकर बदनाम किया जाता था और हर बार उन्हें मौत की सजा मिलती थी। जब यह पता लगा कि इलज़ाम झूठे हैं तब उन्हें प्रोन्नति मिली। इसलिए उन्होंने सोचा, "एक दिन वे इसे (सज़ा-ए-मौत को) अमली जामा पहना सकते हैं।" इसलिए उन्होंने एक भिखारी का वेश बनाया और भाग चले, लाहौर आये और आते ही वहाँ एक अफ़गान जासूस के बतौर गिरफ़्तार किये गये।

वहाँ एक अँग्रेज औरत थी, जो उन्हीं की तरह जाँबाज़ थी, जो दरबार में एक डॉक्टर के रूप में आयी थी। उसका नाम डॉक्टर हेमिल्टन था। वे मित्र बन गये थे। वे विभिन्न इनाम या दान जो उन्होंने राजा से पाये थे इस महिला ने पर्याप्त बुद्धिमानी दिखाते हुए उसका एक हिस्सा लेकर

लन्दन में निवेश किया था। इसलिए जब वह वहाँ से निकल गये, उसने उन्हें इंग्लैंड से लिखा और कहा, ''लन्दन चले आओ।'' इसलिए वह लन्दन चले गये और कैम्ब्रिज विश्वविद्यालय में दाखिल हो गये। जब राजा ने देखा कि वह भाग गये हैं तो उसने कहा, ''ठीक है, जब तुम लन्दन में हो, तो क्यों नहीं मेरे राजदूत बन जाते हो?'' वह कैम्ब्रिज में छात्र थे और तब उन्होंने बार में दाखिला लिया, लॉ (क़ानून) की डिग्री ली और उसी समय वह एक राजदूत थे। फारसी में एक कहावत है, यदि कोई अपने वालिद के बारे में शेखी बघारना चाहता है तो कहता है, ''मेरे अब्बा राजा थे, इसमें राजा के लिए शब्द होता है, 'सुल्तान'। मेरे तो पिता का नाम सुल्तान था, इसलिए मैं कह सकता हूँ कि मेरे पिता सुल्तान थे!''

ख़ैर, अपनी क़ानून की डिग्री पाने के बाद, अफ़गानिस्तान जाने की बजाय वह अपने शहर, बल्कि अपने जिले, सियालकोट चले आये। और जब राजा ने पाया कि वह छोड़ चुके हैं, उसने उनके परिवार को सियालकोट भेजा— मेरी सौतेली बहनों और सम्भवत: एक या दो सौतेली माँओं को भी। अब उनके बारे में एक उपन्यास है, जिसका नाम है, ''बेटियाँ...'' ( Daughters...) जैसा कुछ। यह आउट ऑफ प्रिंट है, मगर शायद आप इसे कुछ पुरानी लाइब्रेरियों में पा सकते हैं। इसे उसी अँग्रेज औरत ने लिखा है। तो, वह वापस लौटे और वकालत शुरू की। जब मेरी सौतेली माँ गुज़र गयीं, उन्होंने मेरी माँ से शादी कर ली, जो अगले गाँव की थीं। मेरी माँ और सौतेली बहनें इस तरह कमोबेश एक उम्र की थीं; बड़ी बहन उससे ज़्यादा उम्र की थी।

हम सियालकोट में स्कूल गये; मैंने अपनी पहली शिक्षा मस्जिद में पायी, उस मस्जिद में जो हमारे इलाके में था। शहर में दो स्कूल थे, एक स्कॉट मिशन का था, और दूसरा अमेरिकन मिशन का था। मैं स्कॉट मिशन वाले में गया, क्योंकि यह घर के करीब था। बाद में, अमेरिकन मिशन बन्द हो गया। वह समय— पहले आलमी जंग का खात्मा और बीसवीं सदी की शुरूआत— भारत में महान उथल-पुथल का काल था। तीनों सम्प्रदायों से जुड़े कई राष्ट्रवादी आन्दोलन थे। काँग्रेस का आन्दोलन था, जिसके नेतृत्व में हिन्दू और मुस्लिम दोनों थे, लेकिन अमूमन उसका आधार हिन्दुओं का था। मुसलमानों का ख़िलाफ़त आन्दोलन था, मुस्लिम रोमानी लोग थे। यह पहली आलमी जंग के बाद का दौर था और तुर्की हार गया था और ऑटोमन साम्राज्य बिखर गया था और तुर्क ब्रिटिश और यूनानी हमलावरों, दोनों के ख़िलाफ़ लड़ रहे थे। भारत के मुस्लिमों ने खलीफा के लिए एक आन्दोलन शुरू किया, जिसे उन्होंने कभी नहीं देखा था, न जानते थे कि वहाँ तुर्की में कौन था। वे उसे बचा नहीं सके क्योंकि वह कमाल अतातुर्क (आधुनिक तुर्की के संस्थापक) द्वारा अपदस्थ कर दिया गया। सिखों ने सिख धर्मस्थलों (Shrines) का Caretakership हासिल करने के लिए अकाली आन्दोलन शुरू किया। इस तरह सभी तीनों— मुस्लिम, हिन्दू और सिख, क़रीब 6-7 वर्ष के एक छोटे दौर के लिए ब्रिटिश के ख़िलाफ़ एक आम कारण बने। पूरे देश में भारी उथल-पुथल मची थी। हमारे छोटे-से शहर सियालकोट में, महान नेता महात्मा गाँधी, नेहरू के पिता और सिखों के नेता, जब कभी शहर में आते पूरा

शहर सजाया जाता था, फूलों के द्वार लगाये जाते और पूरा शहर उनके स्वागत के लिए उमड़ पड़ता। इस तरह, उन बेहद घटनापूर्ण वर्षों में मैंने सियासत की पहली गन्ध पायी; आत्मसात किया।

उसी समय, अक्टूबर क्रान्ति हुई। सियालकोट में भी इस घटना की ख़बरें पहुँचीं। मैंने सुना, लोग बातें कर रहे थे, "देखो, हमने सुना है कि उस देश में, जिसे रूस कहते हैं कोई लेनिन है जिसने राजा को गद्दी से उतार दिया है और उसने सभी लोगों की सम्पत्ति कामगारों के बीच बाँट दी है। मान लो, तुम एक बैंकर को लूटते हो और उसकी सम्पत्ति को बाँट देते हो, यह एक महान मौज होगा!"

ख़ैर, यही था, जो हमारे शुरूआती स्कूली दिनों में गुज़र रहा था। स्कूल में, दो रास्तों से, मैंने शायरी में प्रवेश पाया। पहला, हमारे घर की बगल में किताबों की एक छोटी दुकान थी, जिसे एक युवा आदमी चलाता था। वह दो पैसे प्रति सप्ताह के हिसाब से किराये पर किताबें देता था। इसलिए मैंने वे सारी किताबें लीं जो उसके पास साथ थीं। मेरी जेब खर्च का सारा पैसा उन किताबों को पढ़ने में खर्च होता था। मैंने उस समय सारे क्लासिक पढ़ डाले जब मैं हाई स्कूल में गया था। दूसरा, इस शहर में, पहले से ही महान शायर का महान नाम था; इक़बाल इसी शहर में पैदा हुए थे और इस कारण उनकी शायरी सामान्य तौर पर पढ़ी और गायी जाती थी। और तीसरा, मेरे घर की बगल में; उन दिनों एक बड़ी इमारत में एक प्राथमिक स्कूल था, जहाँ मैं पढ़ता था और शामों में, महीने में एक बार यह उस चीज़ का घटनास्थल बन जाता था, जिसे हम मुशायरा कहते हैं। जब मैं स्कूल में अपने आख़िरी साल में था, हमारे हेड मास्टर ने कहा, "देखो, तुम्हें एक प्रतियोगिता में जाना है। तुम इस पंक्ति से पाँच या छह शेर बनाओगे और हम इन शेरों को शहर के महान विद्वान (जो महान शायर इक़बाल के एक शिक्षक थे) के पास भेजेंगे और वह फैसला करेंगे कि कौन यह पुरस्कार जीतेगा।" मैंने वह पुरस्कार जीता। पुरस्कार एक रुपये का था, जो उन दिनों एक सम्पत्ति (fortune) थी।

सियालकोट में अपना दो साल गुज़ारने के बाद, मैं गवर्नमेंट कॉलेज लाहौर गया।

अब सियालकोट जैसे छोटे शहर से लाहौर आना विदेश पहुँच जाने जैसा था। दरअसल उस वक़्त (सियालकोट) शहर में न तो पाइप से पानी की आपूर्ति होती थी, न ही बिजली थी। पानी ढोने वाले घरों में पानी पहुँचाते थे, या यदि वे नहीं आते तो आपको कुएँ से पानी निकालना पड़ता था। हरेक इलाके का अपना कुआँ हुआ करता था, और कुछ बड़े मकानों में उनके अपने कुएँ हुआ करते थे। बिजली नहीं थी; हम मिट्टी तेल वाले लैंपों की रोशनी में पढ़ते थे, जो बेहद दिलचस्प, बेहद रंगीन होते थे। सियालकोट में मोटरगाड़ियाँ (कारें) नहीं थीं। यहाँ तक कि जिले का हेड, डिप्टी कमिश्नर घोड़ा जुती गाड़ी में बैठकर आता था। और उसके पास एक घोड़ागाड़ी थी, जबकि मेरे पिता के पास दो घोड़ा गाड़ियाँ थीं।

ख़ैर, मैं लाहौर आया; यहाँ पहली दफा हमने मोटरगाड़ियाँ देखीं और जादुई पोशाकों में लोगों को देखा और हमने बिना बुरके के जातीं युवा औरतों को देखा। इस कॉलेज में

सियालकोट के विपरीत आधे शिक्षक अँग्रेज थे और हर एक चीज़ इस दुनिया से बाहर की थी। कॉलेज में सबसे पहला इम्तिहान जो मैंने दिया, मेरे अँग्रेजी शिक्षक एक बुज़ुर्ग आदमी थे। जिनका नाम लैंगहॉर्न था, वह बुरी तरह नाराज़ होने वाले, लेकिन काफ़ी अच्छे शिक्षक थे। अँग्रेजी के अपने पहले पर्चे में मैंने 150 में से कुल 63 अंक पाये। इसलिए सबने अपने सिर लटका लिये और मैं तत्काल एक सेलिब्रिटी बन गया। वरिष्ठ विद्वानों, मुस्लिम विद्वानों जो बाद में पाकिस्तान में उच्च सिविल अधिकारी बने, ने कहा, "देखो, इंडियन सिविल सर्विस इक्जामिनेशन के लिए तैयारी शुरू कर दो।" मैंने कहा, "बिलकुल ठीक।" लेकिन उस समय इंडियन सिविल सर्विस इक्जामिनेशन की तैयारी करने की बजाय, मैंने धीरे-धीरे शायर बनना शुरू किया। दो या तीन चीज़ों ने इसे सुनिश्चित किया। सबसे पहला मामला; मेरी पहली डिग्री पूरी होने से पहले, मेरे पिता चल बसे और मैंने अचानक पाया कि शहर के अमीरों और कुलीनों से हम कंगाल बन गये। उन्होंने कुछ सम्पत्ति छोड़ी थी, कुछ भू सम्पत्ति— मगर उससे कहीं बड़ा कर्ज छोड़ गये थे। यह एक चीज़ थी, जिसने ख़ुद मुझ पर और मेरे परिवार पर गहरा असर छोड़ा था। दूसरा, अचानक महामन्दी आयी। नतीजतन, कृषि उत्पादों के दाम काफ़ी गिर गये। देहात बेहद कंगाल हो गये और ज़मीन से जो थोड़ी आमदनी हमें होती थी वह बन्द हो गयी। महामन्दी ने राजनीतिक और व्यक्तिगत रूप से न सिर्फ़ मुझ पर, बल्कि समूचे समुदाय पर, ख़ास कर मुस्लिमों पर गहरा प्रभाव डाला। वे मुख्य रूप से खेतिहर समुदाय थे और जीने के लिए वे पूरी तरह उस पर निर्भर थे जो ज़मीन से आता था और ज़मीन से बमुश्किल कुछ आता था। कोई रोज़गार नहीं था, क्योंकि मुश्किल से कोई उद्योग था। जहाँ कहीं उद्योग थे वे गैर-मुस्लिमों के थे।

रोज़गार का तीसरा ठिकाना सरकारी सेवाएँ थीं। और वहाँ भी मुस्लिम वास्तव में रोजगार नहीं पा सके, जो शैक्षिक रूप से पिछड़े थे। इसलिए राजनीतिक और व्यक्तिगत तौर पर परिवार के लिए यह बेहद कठिनाई का समय था। इन सबके ऊपर एक चीज़ थी, जिसने इस अग्नि परीक्षा को शायरी में अभिव्यक्त करने के लिए प्रेरणा और प्रयोजन पैदा किया। जैसा कि 17-18 की उम्र में सभी करते हैं, मैं प्यार में पड़ गया। मैं एक अफ़गान लड़की के साथ प्यार में पड़ गया, जो मेरी पुरानी, बचपन के दिनों की दोस्त थी, और उसका परिवार अफ़गानिस्तान से उसी समय आया था, जिस समय मेरे पिता आये थे। जब हम बच्चे थे, उसके परिवार ने सियालकोट छोड़ दिया और जब वह 12 या 13 साल की थी तब वह परदे (एकान्त) में चली गयी। बचपन से उसे मैंने देखा नहीं था। वे पास के एक गाँव में बस गये थे, जिसे हम फैसलाबाद के नाम से जानते हैं। मेरी बहन की शादी उस जगह हुई थी। मैं उस परिवार को देखने उस गाँव गया और वहाँ, एक सुबह, मैं जगा, मैंने देखा कि एक बेहद ख़ूबसूरत लड़की तोते को चुगा रही है उसने मुझ पर नज़र डाली और मैंने उसे देखा और उसी समय हम प्यार में पड़ गये; बल्कि मैं पड़ गया। जैसा कि रिवाज था, हमने चोरी-चोरी हाथ थामा, जहाँ तक हम जा सकते थे वह यही था। लेकिन अगले दिन वह किसी धनवान ज़मींदार से ब्याह दी गयी। वह वहाँ पहली बार एक लड़की के बतौर गयी। जब वह वापस आयी, मैं उससे फिर कभी नहीं

मिला। हम उसके बाद — हमेशा आठ साल तक दुखपूर्वक रहे। उस समय, मैं अपनी पढ़ाई कर रहा था, और मैं समझता हूँ अपने तीसरे मुशायरे में शायरी सुनाने के बाद, मैं एक लेखक या एक शायर के बतौर माना जाने लगा था। उसके बाद लाहौर शहर में, महान लेखकों, मेरे वरिष्ठ लेखकों, जो मेरे शिक्षक थे, ने अपने एक आश्रित के बतौर मुझे स्वीकार कर लिया और इस तरह मैं शायर बन गया।

यह उस प्रायद्वीप में चरमपन्थी क्रान्तिकारी आन्दोलन का पहला दौर था। ये क्रान्तिकारी हमारे कॉलेज में भी घुलमिल जाते थे और उनके सदस्यों में से एक मेरा घनिष्ठ मित्र था, जो बाद में एक महान संगीतकार (संगीत संयोजक) बना। ख़्वाजा ख़ुर्शीद अनवर। वह बम बनाने के लिए कॉलेज की प्रयोगशाला से तेजाब (एसिड) चुराता हुआ पकड़ा गया था और उसे तीन साल की सजा हुई थी, जिनमें से कुछ अर्से की सजा उसने भुगती भी। मैंने उसके जरिये चीज़ों को जाना, वह अपना गैर क़ानूनी साहित्य हॉस्टल के मेरे कमरे में छोड़ जाता था। कई बार, मैं उसके द्वारा झटक दिया जाता, मैं बेहद भयभीत महसूस करता, क्योंकि मेरे पिता एक पदवीधारी व्यक्ति थे, और ब्रिटिश शासन के खैरख्वाहों में से एक के बतौर माने जाते थे। इस तरह मैंने चरमपन्थ को और क्रान्तिकारियों की कुछ शैली/रंग-ढंग को जाना। वे मुहावरे टकराते रहे होंगे, पर मैंने उसका कुछ ख़ास ख़्याल नहीं किया।

तीन या चार साल बाद, मैंने अपनी डिग्री पूरी की। मैंने सर्वप्रथम अँग्रेजी में मास्टर डिग्री हासिल की, इसके बाद मैंने अरबी में डिग्री पायी और तब मैंने पढ़ाना शुरू किया। वह ऐसा समय था, जब मैं इस भारी कठिनाई के दौर से उबरा और मेरे भाई ने एक काम पाया और परिवार थोड़ी बेहतर स्थिति में आ गया। इसी दौरान, कॉलेज में मेरे सहकर्मी, दो लोग, जो ऑक्सफोर्ड से लौटे थे, मार्क्सवादी हो गये। उन्होंने मुझे मार्क्सवाद से परिचित कराया। आगे चलकर, युवा लोगों का एक पूरा समूह ब्रिटिश विश्वविद्यालयों से लौटा— सभी धनी-मानी और सम्भ्रान्त परिवारों से आते थे और सभी कम्युनिस्ट थे। उनमें से कुछ कम्युनिस्ट बने रहे, अन्य कुछ वर्षों के लिए इसमें डूबे रहने के बाद विभिन्न पेशों में चले गये। ख़ैर, वे वापस आये और उन्होंने एक साहित्यिक आन्दोलन शुरू किया, जिसे प्रोग्रेसिव राइटर्स मूवमेंट (प्रगतिशील लेखक आन्दोलन) कहा गया। वैसे यह कोई कम्युनिस्ट या क्रान्तिकारी आन्दोलन नहीं था। हालाँकि इसके अनेक पदाधिकारी उस समूह से आते थे, लेकिन यह एक किस्म का यथार्थवादी आन्दोलन था। क्योंकि शास्त्रीयकाल के पहले और बाद में भी हमारी शायरी और हमारा साहित्य ज़्यादातर नायकों और परीकथाओं और रोमांस के बारे में हुआ था और बहुधा शायरी भाषाई बाजीगरी हुआ करती थी, इस दौरान, एक सच्ची (जेनुइन) लयात्मक राजनीतिक शायरी ने जन्म लिया। ठीक इसी समय, 1930 के दशक के दौरान, फासीवाद विरोधी महान आन्दोलन का उदय हुआ तथा यूरोप और अमेरिका, दोनों में साहित्यिक आन्दोलनों का रुख सामाजिक प्रतिबद्धता के साहित्य की ओर हो गया। हम उस आन्दोलन से सीधे प्रभावित हुए और इस तरह 1932 और 1935 के बीच, मैं इस राजनीतिक-सह-साहित्यिक आन्दोलन में शामिल हो गया। दूसरे, ट्रेड यूनियनों और कामगारों और किसानों के आन्दोलनों में तथा तीसरा,

एक नयी शैली की रचना द्वारा जो राजनीति और प्रगीतत्व, आधुनिकतावाद और शास्त्रीयतावाद, दोनों का मेल था और जो लोगों को पसन्द आता था। जब 1941 में मेरी पहली किताब आयी, वह तत्काल बेस्टसेलर बन गयी। उसके बाद जंग आयी। सबसे पहले, हमने जंग के बारे में कुछ ज़्यादा ध्यान नहीं दिया। हमने सोचा कि यह कोई वह चीज़ है जिसका सम्बन्ध ब्रिटिश और जर्मनों से है। लेकिन 1941 में, जापानी जंग में दाखिल हुए। एक तरफ़, जापानी भारत की सरहदों तक आते थे और दूसरी तरफ़, नाजी और फासीवादी मॉस्को और लेनिनग्राद के दरवाज़े तक पहुँच गये थे। हमने महसूस किया कि यह वक़्त जाकर जंग में शामिल होने का है। इसलिए हम सेना में शामिल हो गये। मैं सेना में शामिल हो गया। मैं अपना पहला दिन याद करता हूँ, जब मैं पब्लिक रिलेशन डिपार्टमेंट में पेश हुआ। वह कोई नियमित सैनिक नहीं था; वास्तव में वह लन्दन टाइम्स का एक पत्रकार था (लन्दन टाइम्स की ओर अग्रसर, एक बेहद हँसमुख आयरिश)। उसने कहा, ''देखो, मेरे पास तुम्हारी पुलिस रिपोर्ट है। इसमें लिखा है कि तुम एक प्रगतिशील कम्युनिस्ट हो। है न?'' मैंने कहा, ''मैं नहीं जानता कि पिछड़ा कम्युनिस्ट क्या होता है। इसपर उसने कहा, ''मैं परवाह नहीं करता, यदि तुम एक फासीवादी होगे तब भी, जब तक तुम हमारे साथ कोई धोखा नहीं करते। मैं समझता हूँ तुम कोई धोखा नहीं दोगे।

मैंने कहा, ''नहीं''।

यह वह समय था, जब एक तरफ़, ब्रिटिश और उसके मित्रों का जंग के दौरान वक़्त अच्छा नहीं था और दूसरी तरफ़, महात्मा गाँधी ने अपना 'भारत छोड़ो' आन्दोलन शुरू कर रखा था। यह आन्दोलन आग की तरह फैला। इस तरह ब्रिटिश के सामने दो समस्याएँ थीं : सेना के लिए लोगों की भर्ती करना और उसी समय में ब्रिटिश राज के ख़िलाफ़ जारी इस महान आन्दोलन से जूझना। उस ब्रिगेडियर ने मुझसे इस आन्दोलन के बारे में बातचीत शुरू की। उसने कहा, ''जहाँ तक भारतीय सेना का सवाल है, हम इस आन्दोलन पर क्या रुख अख्तियार करें?

मैंने कहा, ''हम बिलकुल कोई रुख अख्तियार नहीं करें।'' उसने पूछा, ''तुम्हारा मतलब क्या है?'' मैंने कहा, ''मेरा मतलब है, जो आपकी लाइन है, आप ब्रिटिश के लिए नहीं लड़ रहे हैं, आप उसके लिए नहीं लड़ रहे हैं, जिसे हम नमक कहते हैं, बल्कि आप अपने देश के लिए लड़ रहे हैं, क्योंकि अभी आपका देश खतरे में है, क्योंकि जापानी कगार (किनारे) पर हैं और ब्रिटिश दो या तीन साल में बाहर हो जाएँगे, क्योंकि वे लम्बे समय से यहाँ लड़ते रहे हैं। यदि जापानी या जर्मन जीत जाते हैं, तो इसका मतलब होगा कि आप एक सौ या दो सौ साल के लिए गुलाम बन जाएँगे। इसलिए हमें अपनी ज़मीन को बचाना है—आप ब्रिटिश के लिए नहीं लड़ रहे हैं, आप भारत के लिए लड़ रहे हैं।''

उसने कहा, ''मेरे बच्चे, मगर यह राजनीति है, हम इसे सेना के लिए कबूल करने लायक कैसे बनाएँ? मैं सेना के लिए क्या तरीका अपनाऊँ? मैंने कहा, ''वही तरीका जो कम्युनिस्ट अपनाते हैं।'' उसने कहा, ''तुम्हारा मतलब क्या है?'' मैंने कहा, ''हम एक सेल बनाते हैं, सेना के हरेक यूनिट में एक उपयुक्त सेल, जिसके जरिये हम सबसे पहले

ऑफिसरों को पढ़ाएँ कि फासिज्म क्या है, जापानी क्या कर रहे हैं, इटालियन क्या कर रहे हैं। इसके बाद हम उनसे पूछें, क्योंकि हमारे सैनिक बहुत पढ़े-लिखे नहीं हैं, इसलिए आप उन्हें सिर्फ़ मुँह से बोले गये शब्दों से शिक्षित कर सकते हैं। सबसे पहले हम शिक्षकों को पढ़ाएँगे, हम उन्हें फासीवाद, जापानियों आदि के बारे में पढ़ाएँगे, उसके बाद वे लोगों को पढ़ाएँगे और हम ये समूह बनाएँगे।'' इस पर काफ़ी विवाद हुआ। एक लम्बी-चौड़ी चर्चा (deal) के बाद, यह वायसराय, कमांडर-इन-चीफ और यह इंडिया ऑफ़िस गया। उसने कहा, ''इसे लिख डालो।'' मैंने योजना लिख डाली। आख़िरकार, इसे मंजूर कर लिया गया। हमने ये समूह शुरू किये; जो जोश जमात (Josh Groups) कहे जाते थे। जोश का मतलब उत्साह। ये समूह बनाए गये। ये काफ़ी सफल रहे और इस तरह मैंने ब्रिटिश साम्राज्य में अपनी जगह पायी।

और विभिन्न रास्तों से होता हुआ तीन सालों में मैं कर्नल बन गया। यह उस वक़्त सबसे ऊँचा पद था, जो आप एक भारतीय होने के नाते हासिल कर सकते थे। इस दौरान, सबसे पहले, मैंने सेना को जाना; दूसरा, मैंने ब्रिटिश को जाना; और तीसरा, मैं अधिक शायरी नहीं कर सका। लेकिन मैंने पत्रकारिता सीखी, क्योंकि मैं सभी मोर्चों पर पूरी भारतीय सेना के लिए पूरी पब्लिसिटी का इंचार्ज था। और कमोबेश भारतीय सेना का राजनीतिक आयुक्त (Political Commissioner) था। जंग ख़त्म हुई, और तब मैंने सेना छोड़ दी। मेरे पास या तो विदेश सेवा या सिविल सेवा में जाने का विकल्प था। ''अच्छा'' मैंने कहा, ''कुछ नहीं करना।''

यह वह समय था, जब पाकिस्तान के लिए आन्दोलन और भारतीय काँग्रेस का आन्दोलन अपने चरम पर थे। मेरा एक पुराना दोस्त—बड़ा ज़मीदार— जो पूर्व में पंजाब काँग्रेस का अध्यक्ष रह चुका था, मुस्लिम लीग की ओर चला गया और उसने कहा, ''देखो, विदेश सेवा और सिविल सेवा भाड़ में जाए, हम लाहौर में एक दैनिक शुरू करना चाहते हैं। तुम आओ और इस अख़बार को सम्पादित करो।'' और जनवरी 1947 में मैं लाहौर आ गया और पाकिस्तान टाइम्स निकालने लगा। मैंने इसे चार साल तक सम्पादित किया। उसी दौरान मैं पाकिस्तान ट्रेड यूनियन का अध्यक्ष बना। और उसी दौरान 1948 में, हिरोशिमा और नागासाकी के बाद, कोरिया की जंग शुरू हुई। हमें स्टॉकहोम से एक अनुरोध प्राप्त हुआ कि हमें एक शान्ति आन्दोलन शुरू करना चाहिए। मैं ट्रेड यूनियन का इनचार्ज था; मैं पाकिस्तान टाइम्स का इनचार्ज था। वे चार साल बेहद, बेहद सन्तोष के दिन थे। यही समय था, जब मैं इंटरनेशनल लेबर आर्गेनाइजेशन (विश्व श्रम संगठन) में कामगारों के प्रतिनिधि की हैसियत से पहली दफा यूरोप गया। मैंने उनकी बैठकों में शिरकत की, पहली, सान फ्रांसिस्को में और दूसरी जेनेवा में। यह पहला मौका था, जब मेरा परिचय अमेरिका और यूरोप से हुआ।

## 'पिंडी षड्यन्त्र' से बेरूत तक

इसके बाद 1950 के अन्त में, मैं सेना के अपने एक पुराने दोस्त जनरल अकबर खान से मिला, जो चीफ ऑफ जनरल स्टाफ नियुक्त हुआ था। उसने ख़ुद को एक सैनिक के रूप

में बर्मा में और उसके बाद, कश्मीर में संघर्ष के दौरान प्रतिष्ठित किया था। मैं संयोगवश उससे मुर्री में मिला, जहाँ मैं दस दिनों के लिए ठहरा हुआ था। उसने मुझसे कहा, ''देखो, हम सेना के लोग, ख़ासकर हमलोग जो कश्मीर में लड़े, बेहद असन्तुष्ट हैं, क्योंकि यह देश कुत्तों के हाथों जा रहा है। चार साल हो गये, हमने संविधान नहीं बनाया है। इतना ज़्यादा भ्रष्टाचार है, इतनी ज़्यादा कुनबापरस्ती है, चुनाव नहीं हो रहे हैं... और कोई उम्मीद नज़र नहीं आ रही है और हम कुछ करना चाहते हैं।'' मैंने पूछा, क्या करोगे? उसने कहा, ''सरकार का तख़्ता पलट और हम एक गैर-पार्टी सरकार और चुनाव चाहते हैं और एक संविधान...'' और यह और वह और वह। मैंने कहा, ''ठीक है!'' उसने कहा, ''अच्छा, हम तुम्हारी सलाह चाहते थे।'' मैंने कहा, ''भई, यह सेना का काम है, मैं तुम्हें कोई सलाह नहीं दे सकता।'' उसने कहा, ''ख़ैर, तुम हमारी बैठक में आओ और मेरी योजना सुनो।''

इसके बाद, बिल्कुल नासमझ तरीके से, मैं अपने दो सिविलियन दोस्तों के साथ उसकी बैठक में गया और हमने उसकी योजना सुनी। उसमें राष्ट्रपति भवन पर कब्जा करने की योजना थी, रेडियो स्टेशन पर कब्जा करने की योजना थी, उस समय टेलीविजन नहीं था कि राष्ट्रपति घोषणा करते कि सरकार का तख्तापलट हो गया है और गैर-पार्टी सरकार बनाई जानी है और छह महीने के अन्दर एक नया संविधान रचा जाएगा और नये चुनाव कराये जाएँगे और सामाजिक सुधार होंगे, आदि। पाँच से छह घंटे तक इन सबकी चर्चा हुई और आख़िरकार वहाँ क़रीब चौदह या सोलह ऑफिसर थे— आख़िरकार, उन्होंने ख़ासी चर्चा के बाद तय किया कि यह शुरू नहीं होगा, इस सामान्य कारण से कि देश के सामने कोई मुद्दा नहीं है, जिस पर आप लोगों को प्रेरित कर सकें और, दूसरे, मान लें कि होने के पहले यह बात उजागर हो जाये। फिर यह जोख़िम भरा भी था। इसलिए तय हुआ कि कुछ नहीं करना चाहिए। जो हो, कोई आशंकित हो गया। लियाकत अली खान के प्रधानमन्त्रित्व में पहली पाकिस्तानी सरकार थी। वे सचमुच घबरा गये। उस समय तक, मैं उसके बारे में सब कुछ भूल चुका था। कुछ नहीं हुआ था। आप देखें, कुछ नहीं होने जा रहा था। अचानक, एक सुहानी सुबह क़रीब चार बजे, मैंने अपने मकान को सैनिकों से घिरा पाया। कोई आया और बोला, ''मेरे साथ आओ।'' मैंने कहा, ''क्या हुआ है?'' उसने कहा, ''तुम हिरासत में हो।'' मैंने पूछा, ''किसलिए?'' उसने कहा, ''मैं नहीं जानता किसलिए, लेकिन यह ख़ुद गवर्नर जनरल की तरफ़ से आया है।'' मैंने कहा, ''हमने कोई चीज़ नहीं की है, हम नहीं जानते कि यह किस बारे में है।'' चार महीनों के लिए, मुझे कालकोठरी में रखा गया। मुझे नहीं मालूम कि आने वाले चार महीने तक क्या हुआ था। एक विशेष अधिनियम संविधान सभा द्वारा पास किया गया था; जिसे रावलपिंडी कॉन्सपिरेंसी एक्ट (रावलपिंडी षड्यन्त्र अधिनियम) कहा गया। इसके बाद हमें मुकदमे के लिए लाया गया, इसके तहत एक गुप्त मुकदमा, जो सिर्फ़ इस विशेष मामले के लिए पारित किया गया था। ब्रिटिशकाल के षड्यन्त्र अधिनियम पर्याप्त बुरे थे, आपको कुछ नहीं करना होता था, यदि यह साबित हो जाता था कि दो लोग क़ानून तोड़ने को राजी थे, यह एक षड्यन्त्र हो जाता था, और यदि कोई तीसरा व्यक्ति साक्ष्य दे देता कि वह इन दो लोगों की रजामन्दी का साक्षी है, तो यह

पर्याप्त था। इस क़ानून के लिए कोई और शक्ति आवश्यक नहीं थी; ब्रिटिश क़ानून के तहत इतना ही काफ़ी था। सरकार ने सोचा कि यह पर्याप्त अच्छा नहीं था, इसलिए उन्होंने एक विशेष अधिनियम (एक्ट) बनाया जो उन सभी उपायों को ख़त्म करता था जो सुरक्षा के लिए खुले थे। और इस क़ानून में, वास्तव में आरोपों से बच निकलने का कोई रास्ता नहीं था। यह एक लम्बा मुकदमा था जो क़रीब डेढ़ साल तक चला। आख़िरकार, हम सभी को अपने ओहदे के अनुसार, कैद की विभिन्न सजाएँ सुनाई गयीं। जनरल ने आठ साल की, ब्रिगेडियर ने सात साल की, जबकि एक कर्नल ने छह साल की सजा पायी। हमें एक सिविलियन के रूप में—सबसे कम सजा सुनाई गयी — हमने चार साल की सजा पायी।

यह मेरी बन्दी (जेल की सजा) का दौर था, जो कुछ मायनों में, काफ़ी उत्पादक था, क्योंकि मेरे पास कोई मनोरंजन नहीं था, मेरे पास पढ़ने के लिए प्रचुर समय था और मैं सारे समय ग़ुस्सा महसूस करता था क्योंकि मुझे मालूम था कि मैं बेकसूर हूँ। इन चार सालों के दौरान, मैंने शायरी की दो किताबें लिखीं। मेरी पहली किताब 1941 में आयी थी और तत्काल बिक गयी थी। ये दोनों किताबें आयीं— पहली, उस समय जब मैं जेल में ही था, दूसरी, जब मैं जेल से बाहर आया। जब आप जेल में चार साल के लिए रहते होते हैं और आप काल कोठरी में होते हैं, ये आपका बाज़ार भाव काफ़ी बढ़ा देते हैं। इसलिए जब मैं बाहर आया, मैंने ख़ुद को पहले की तुलना में बड़ी शख़्सियत पाया। मैं वापस अपने अख़बार गया। तीन या चार साल मैंने उस अख़बार के लिए काम किया, शान्ति आन्दोलन के साथ जुड़ा रहा। ट्रेड यूनियन आन्दोलन इस बीच ख़त्म हो चुका था, क्योंकि सभी वामपन्थी संगठन प्रतिबन्धित किये जा चुके थे। यह तीन या चार वर्षों तक रहा, और इसके बाद पहला मार्शल लॉ आया और पहली सैन्य सरकार आयी। और पहली बार बिना किसी आरोप के जेल कूच करना हुआ।

मज़ाकिया बात यह थी कि सरकार ने उस समय—मार्शल लॉ सरकार ने— उस हर शख़्स को गिरफ़्तार किया, जिसका नाम 1920 के बाद से पुलिस फ़ाइल में दर्ज था!

इसीलिए जेल में हमें नब्बे साल के, अस्सी साल के लोग मिले, कुछ ट्यूबरकुलोसिस या कुछ और से मर गये। चार या पाँच महीने बाद, हमारे पास एक मजेदार जज था। हर कोई जो बन्दी प्रत्यक्षीकरण के लिए आवेदन करता था वह बाहर हो जाता था। यही समय था, जब मैंने डेढ़ महीना लाहौर किले में बिताया, जो मशहूर शहरी नज़रबन्दी का स्थान था। चार या पाँच महीने बाद, मैं रिहा कर दिया गया। मैंने सोचा कि मैं वापस अपने अख़बारों के पास जाऊँगा। तीन दिनों बाद मैं रिहा किया गया। मैं अपने दफ़्तर गया और पाया कि उस जगह को पुलिस ने घेर रखा था। मैंने पूछा, "क्या हुआ?" उन्होंने कहा, "यह नियन्त्रण में ले लिया गया है।" सारे अख़बार जब्त कर लिये गये थे, और उन सब पर सैन्य सरकार द्वारा कब्जा जमा लिया गया था। यह मेरी पत्रकारिता का अन्त था। मैंने कहा, "अब मैं क्या करूँ?" एक छोटे दौर के बाद, कविता के कारण ऊँची जगहों पर मेरे जो दोस्त थे, उन्होंने कहा, "संस्कृति की बाबत कुछ करने को लेकर क्या विचार है।" मैंने कहा, "बहुत अच्छा।" इसलिए मैंने लाहौर में आर्ट

काउंसिल (कला परिषद) की स्थापना की, यह एक टूटी पड़ी पुरानी इमारत में था, जो कोई ख़ास प्रभावशाली चीज़ नहीं थी जैसा आप आज देखते हैं; इस जगह–प्रदर्शनियाँ और संगीत सभाएँ और नाटक होते थे, और इस तरह यह सिलसिला आगे चलता रहा।

हमारे पास तीन या चार साल के लिए कोष था। इस जगह को चलाने के तीन या चार साल बाद मैं बीमार पड़ा। मुझे दिल का पहला दौरा पड़ा और अपने दिल के दौरे के दौरान, मुझे ख़बर मिली कि मुझे अन्तर्राष्ट्रीय लेनिन पुरस्कार प्रदान किया गया है। किसी ने अख़बार के दफ़्तर से मुझे फोन किया, ''आपको लेनिन पुरस्कार प्रदान किया गया है।'' मैंने कहा, ''चुप रहो!'' फिर मैंने कहा, ''देखो, मैं बीमार हूँ और तुम मज़ाक कर रहे हो।'' उसने कहा, ''नहीं, नहीं, यह मज़ाक नहीं है। यह खबर हमारे टेलिप्रिंटर पर है। इसका कहना है कि तुम और पिकासो समेत पुरस्कार पाने वालों में और अन्य कई लोग भी हैं।''

जब मैं अपनी बीमारी से उबरा, मैं पुरस्कार लेने के लिए मास्को आमन्त्रित किया गया और अपने इलाज के लिए भी। मास्को से मैं लन्दन गया। वहाँ दो साल बिताये, वापस आया। लाहौर आने की बजाय हम आठ साल तक कराची में रहे। क्योंकि हारुन परिवार (आपके मौजूदा गृहमन्त्री महमूद हारुन का परिवार) हमें जानता था। उनकी बहन मेरी दोस्त थीं, जो एक डॉक्टर थीं। उन्होंने कहा, ''देखो, हमारे पास एक परमार्थी न्यास है। वहाँ एक स्कूल है, एक अस्पताल है और एक अनाथालय है। यदि आपके पास करने को इससे बेहतर कुछ नहीं है तो क्यों नहीं आप इस न्यास को अपने हाथों में ले लेते और इसके कोष का प्रशासन सम्भालते हैं। चूँकि मेरे बेटों के पास समय नहीं है, वे अपने व्यवसाय में और सियासत में व्यस्त हैं। मैं गया और मैंने उस जगह पर नज़र डाली। वह एक झुग्गी बस्ती में था और नशे का धन्धा करने वाले, ऊँट हाँकने वाले और मछुआरे और गल–कटियों (अपराधियों) का केन्द्र था। मैंने कहा, बहुत अच्छा, बहुत रंगीन।'' हमने स्कूल को एक कॉलेज बना दिया और एक तकनीकी संस्थान स्थापित किया। हमारे पास एक सार्वजनिक सभागार था और हमने अनाथालय को संगठित किया।

इस तरह आठ साल के लिए मैं पढ़ाई–लिखाई और प्रशासनिक गतिविधियों की ओर लौटा। इस बीच दो लड़ाईयाँ हुईं, भारत के साथ 1965 की लड़ाई, बांग्लादेश के साथ 1971 की लड़ाई। ये दोनों मेरे लिए कठिन वक़्त रहे, क्योंकि मुझ पर जंग के गीत लिखने का भारी दबाव था। लेकिन मैंने कहा, ''देखो, मैं कोई गीत जंग का नहीं लिख रहा हूँ!'' उन्होंने कहा, ''अच्छा, क्यों नहीं? यह आपकी देशभक्ति का कर्त्तव्य है।'' मैंने कहा, ''देखो, अव्वल, क्योंकि मैं इन युद्धों को कीमती ज़िन्दगियों के अकारण बरबाद होने का कारण मानता हूँ। दूसरे, चूँकि मैं जानता हूँ कि पाकिस्तान न तो इस जंग या न ही उस जंग से कुछ हासिल करने जा रहा है। न मैं जंग का कोई गीत लिखने जा रहा हूँ।'' लेकिन मैंने दोनों जंगों के बारे में नज़्में लिखीं। पहली जंग में, मैंने दो नज़्में लिखीं, पहली का शीर्षक था, 'बहिष्कार और उसकी थीम थी रोशनी के साथ पतझड़— भौतिक रोशनियाँ— जो चली गयी हैं, इलाके की रोशनी चली गयी है, प्यार की रोशनी चली गयी है, और लोगों के दिलों

की रोशनियाँ चली गयी हैं।'

और दूसरी नज़्म एक गिर चुके सैनिक के लिए शोकगीत और एक माँ का अपने बेटे के लिए विलाप थी। इसने मेरे देशभक्त मित्रों को निराश किया।

बांग्लादेश में, दूसरे युद्ध के दौरान, मैंने तीन-चार नज्में लिखीं। उनमें एक थी, 'रक्तपात का जश्न' और दूसरी थी 'मेरी आँखों में नफ़रत की धूल', जो बांग्लादेश के नज़रिये के हिसाब से लिखी गयी थी। इसने स्वाभविक रूप से उन लोगों को (जो देशभक्ति के गीत लिखवाना चाहते थे) और ज़्यादा निराश किया। लिहाजा कुछ दिनों के लिए, मुझे सिंध में भूमिगत होना पड़ा। मैं अपने देशभक्त दोस्तों के कोप के सामने ठहर नहीं सका। और इसके बाद जंग ख़त्म हो गयी। पाकिस्तान विभाजित हो गया था।

चुनावों के कारण, सैन्य सरकार सत्ता से बाहर हो गयी और भुट्टो सरकार— पीपुल्स पार्टी की— सत्ता में आयी। मैं उनको (भुट्टो) पुराने दिनों से जानता था। पहली दफा जब वे विदेश मन्त्री थे और उसके बाद जब वे विपक्ष के नेता थे। इसलिए उन्होंने मुझे बुलावा भेजा। उन्होंने कहा, "हमारे साथ शामिल होने के बारे में क्या सोचते हो?" मैंने पूछा, "और क्या करना है?" उन्होंने कहा, "देखो, तुम सांस्कृतिक गतिविधियाँ करते रहे हो। अब उसी काम को राष्ट्रीय स्तर पर करो।" लिहाजा मैंने नेशनल काउंसिल ऑव आर्ट की स्थापना की— यह पाकिस्तान नेशनल काउंसिल ऑफ आर्ट यहाँ है। मैंने इसका गठन किया और इसके बाद मैंने एक और संस्था का गठन किया, जिसका विनम्र नाम था 'लोक कलाएँ (folk arts)। यही अब नेशनल इंस्टीट्यूट ऑफ फोक हैरिटेज है। मैंने इसके लिए तकरीबन चार वर्षों तक काम किया, जब तक सरकार बदल न गयी। इसी दौरान, मैं लिख रहा था, मैंने तीन किताबें और लिखी, मैंने दो या तीन किताबें गद्य की लिखी। दो या तीन नज़्मों की लिखीं। इसी समय मेरा (रचनाओं का) अँग्रेजी, फ्रेंच, रूसी समेत कई भाषाओं में अनुवाद होता रहा। और तब सरकार सत्ता से बाहर हो गयी और मौजूदा (ज़िया-उल-हक) शासन आया। उन्होंने मुझे नहीं रखा। वस्तुत: अब सांस्कृतिक कार्यों की अहमियत पहले जैसी नहीं रह गयी थी। मैंने भी सोचा कि मेरे लिए कुछ और करना बेहतर होगा।

अब इस समय के दौरान, चीज़ें सामने आयी हैं। वह संगठन जिसके लिए मैं योगदान करता रहा था, आकार ले चुका था। यह अफ्रीकी और एशियाई लेखकों का संगठन था, जिसका नाम था अफ्रो-एशियन राइटर्स एसोसिएशन। मैं उनके लिए काम करता रहा था, उनकी बैठकों में शामिल होता था और इसी तरह वह जारी था। उनका मुख्यालय काहिरा में था, जहाँ से वे एक पत्रिका 'लोटस' निकालते थे। कैंप डेविड समझौते के बाद अरबी लोगों का यह अनुरोध था कि उसका मुख्यालय काहिरा स्थानान्तरित कर दिया जाए। पत्रिका के मुख्य सम्पादक महासचिव भी थे। उनको साइप्रस में गोली मार दी गयी। इसलिए उनके बाद पत्रिका को देखनेवाला कोई नहीं था, न ही नये दफ़्तर के लिए कोई जगह थी। ऐसे में फैसला किया गया कि बेरुत में एक नया दफ़्तर बनाया जाए और पत्रिका का काम सँभालने के लिए मुझे आमन्त्रित किया गया। मैंने बेरुत में पत्रिका का काम अपने हाथों में

लिया; चार साल तक संगठन के लिए काम किया, और इसके बाद हमें इससे छुट्टी मिली। शहर (बेरुत) के हमले में घिर जाने के एक महीने बाद मैंने जैसे-तैसे वहाँ से निकलने का इन्तज़ाम किया और वापस यहाँ लौटा। बीस वर्षों बाद फिर, मैं आते ही बीमार पड़ गया। और यही इस कहानी का अन्त है।

माफ करें, मैंने इतना लम्बा वक़्त लिया, लेकिन मैं इसे कतई इससे छोटा नहीं बना सकता था! अब इन लेडी ने मुझसे पूछा कि आप कुछ नज़्में पढ़ेंगे या नहीं। मैंने उनको कहा, "मैं आपको एक कहानी सुनाऊँगा।" कहानी यह है कि जब सेना में बहाल हुआ, तो कुछ समय के लिए मैं रावलपिंडी में तैनात था। वह उस समय उत्तरी कमांड का मुख्यालय था। वहाँ उत्तरी मुख्यालय पर रक्षक सेना में मैं इकलौता भारतीय अफ़सर था— बाकी सारे ब्रिटिश थे। ब्रिटिश अफसरों में से एक द्वारा हमें पार्टी दी गयी थी। एक आदरणीया बुज़ुर्ग महिला ने कहा, "मैंने सुना है कि आप एक शायर हैं।" मैंने कहा, "हाँ, मैं इसके लिए अपना गुनाह कबूल करता हूँ।" उसने कहा, "क्या ख़ूब! हमें उम्मीद है कि डिनर के बाद हम कुछ नज़्में सुन सकेंगे।" मैंने कहा, "मुझे क्षमा करें। मैं अपनी भाषा, उर्दू में लिखता हूँ।" उसने कहा, "तो आप अँग्रेजी में क्यों नहीं लिखते?" मैंने कहा, "मुझे अँग्रेजी में क्यों लिखना चाहिए?" उसने कहा, "क्या यह काफ़ी आसान नहीं है?"

मुझे माफ करें, मेरे पास अपने अँग्रेजी अनुवाद नहीं है और यहाँ एक से अधिक अँग्रेजी अनुवाद हैं, पर मेरे विचार से आपके सामने पाशा कुछ पढ़ रहे हैं। माफ़ करें, मैंने इतना लम्बा वक़्त लिया, यदि कोई बात...।

## श्रोताओं की ओर से किये गये सवाल

*सवाल* : आपने प्यार में पड़ने का जिक्र किया, मगर एलिज का जिक्र नहीं किया। (श्रोताओं के ठहाके)।

*फ़ैज़* : यह सही है, मैं भूल गया! ठीक, आप देखें, जैसा कि मैंने आपसे कहा, वह प्यार सात-आठ साल तक चला। जब मैंने पढ़ाना शुरू किया, मेरे सहकर्मियों में से एक, जिनके बारे में मैंने आपको बताया कि वह ऑक्सफोर्ड से आये थे और मार्क्सवादी थे। उनकी पत्नी अंग्रेज थीं और वह भी मार्क्सवादी थीं। एक दिन उन्होंने मुझसे पूछा, "आप इस कदर उदास-निराश क्यों नज़र आते हैं? क्या गड़बड़ है?" मैंने कहा, "ठीक", देखो..." उसने कहा, "तुम प्यार में हो और अनिद्रा से पीड़ित हो।" मैंने कहा, "भाड़ में जाए यह!" उसने कहा, "तुम यह किताब पढ़ो!" उसने मुझे दो या तीन किताबें दीं। उसने कहा, "तुम्हारा यह मामूली-सा दुख क्या है? भारत की जनता को देखो, वे भूखे हैं और दुख उठा रहे हैं। तुम्हारे दुखों की उनसे कोई तुलना है?" तब मैंने यह प्यार-व्यार की चीज़ रोक दी और बड़ी चीज़ों पर सोचना शुरू किया। उसी समय मैंने अपनी पहली नज़्म लिखी, 'मुझसे पहली-सी मुहब्बत मेरी महबूब न माँग।' मेरे सहकर्मी, उस कॉलेज के प्रिंसिपल, जिसके साथ मैं काम कर रहा था, अपने साथ इंग्लैंड से एक अँग्रेज औरत को पत्नी के रूप में ले आये थे। दो-तीन साल बाद उनकी (पत्नी की)

बहन उनसे मिलने अमृतसर आयी, जहाँ मैं पढ़ा रहा था। मैं उस युवा महिला से मिला और हम दोस्त बन गये। तभी जंग शुरू हो गयी, जिससे वह वापस नहीं जा सकी। वास्तव में, मैंने भी कैम्ब्रिज में दाखिला लेने के लिए अपनी सीट सुरक्षित करा ली थी। पर मैं भी नहीं जा सका। लिहाजा हम दोस्त बन गये और शादी कर ली। इस तरह एलिज आयीं।

*सवाल* : क्या मैं एक अन्य व्यक्तिगत सवाल पूछ सकता हूँ? पाशा ने आपकी नज़्मों का उर्दू अनुवाद दिया। उनमें से अनेक बेरुत पर आधारित हैं। उस समय, जिसके बारे में आप बात कर रहे थे, क्या आप बेरुत में रहते थे, या आप सिर्फ़... (फ़ैज़ ने बीच में हस्तक्षेप किया।)

*फ़ैज़* : नहीं, नहीं, मैं वहाँ सारे समय रह रहा था।

*सवाल* : और क्या आप बेरुत में राजनीतिक तौर पर शामिल थे?

*फ़ैज़* : था, दरअसल, हाँ! यदि आप उन लोगों और उस जगह के दुखों का हिस्सा थे, तो आपको होना था।

*सवाल* : क्या आप किसी धड़े से जुड़े?

*फ़ैज़* : नहीं, कोई ख़ास धड़ा नहीं। लेकिन मुख्य रूप से मैं फलस्तीनियों के साथ काम कर रहा था। वे वही लोग थे, जिन्हें उनके घरों से बाहर कर दिया गया था, वे लोग वह दुख भुगत रहे थे, जिसमें उनका कोई दोष नहीं था।

जहाँ तक फलस्तीनियों का मसला है, यह बहुत विचित्र था कि— वास्तव में किसी ने मुझे समझाया कि इजरायली, जिन्होंने नाज़ियों के अधीन रहते हुए इतने कष्ट सहे, किस तरह इतने क्रूर हो गये।

किसी ने मुझे समझाया कि यदि आप किसी क्रूर अनुभव से गुज़रते हैं, तो यह उस तरह की यातना होती है, जो आपको क़रीब-क़रीब संवेदनाशून्य और मानवीय गुणों से रहित बना देती है। तब आप समान रूप से क्रूर बन जाते हैं, उन लोगों की तरह, जिन्होंने आपको दुख दिए हैं, आप उनकी तरह परपीड़क बन जाते हैं। यही कारण है कि मैं फलस्तीनियों से इतना जुड़ा रहा।

इजरायलियों ने अपनी संवेदना खो दी है। ख़ैर, यही वजह थी जिससे मैं दुख उठा रही पार्टियों के साथ जुड़ा, जैसा कि आमतौर पर कोई भी करता। विजेताओं के साथ जुड़ना बेहद आसान है, लेकिन यह बेहद अनुत्पादक है, जहाँ तक संस्कृति का सवाल है, विजितों के साथ जुड़ना काफ़ी अधिक उत्पादक है।

*स्रोत : 'संस्कृति और पहचान : फ़ैज़ की चुनिन्दा अँग्रेजी रचनाएँ,' (Culture and Indenity : Selected English Writings of Faiz) पृष्ठ 3-18, ऑक्सफोर्ड यूनिवर्सिटी प्रेस, कराची पाकिस्तान*

*सौजन्य : थिंक इंडिया त्रैमासिक*

# विवेचन

# फ़ैज़ : कू-ए-यार से सू-ए-दार का सफ़र

## विजयमोहन सिंह

**मुझे उर्दू नहीं आती न** शायरी की कोई ख़ास समझ ही है, लेकिन ग़ालिब के बाद जिस शायर के अनेक शेर अनायास ही ज़बान पर चढ़ गये (पूरी ग़ज़ल नहीं) वे फ़ैज़ ही थे।

फ़ैज़ के अनेक शेर चलते-चलते या यूँ ही चुपचाप बैठे हुए याद आ जाते हैं। मसलन कई बार ऐसा हुआ कि मैं टहलने निकला और देखा कि क्षितिज पर तिर्यक चाँद धीरे-धीरे निकलता आ रहा है। तो फ़ैज़ की यह ग़ज़ल गुनगुनाने को (जिसे फरीदा ख़ानम ने बेहद ख़ूबसूरती से गाया है) जी करने लगता है—

*'चाँद निकले किसी जानिब तेरी ज़ेबाई का*
*रंग बदले किसी सूरत शबे-तनहाई का।'*

लेकिन फ़ैज़ साहब केवल चाँद या महताब के शायर नहीं हैं और न साकी, मय और मीना के। उनकी शायरी का सफ़रनामा बहुत लम्बा और विस्तृत है। हम उसे ही देखने और समझने की कोशिश करेंगे (जितना समझ में आ सके)।

आज़ादी के पहले दौर में जब लोग शायद फ़ैज़ से बहुत ज़्यादा परिचित नहीं हुए होंगे, उन दिनों उर्दू अदब में जिगर मुरादाबादी, जोश मलीहाबादी, फ़िराक़ और मजाज़ का बोल-बाला था। रेडियो पर हम किशोर लोग फ़िराक़ के मुँह से जब कभी यह ग़ज़ल सुनते—

*'बहुत पहले से उन क़दमों की आहट जान लेते हैं*
*तुझे ऐ ज़िन्दगी हम दूर से पहचान लेते हैं'*

तो न जाने किन क़दमों की आहट सुनने का इन्तज़ार करने लगते। मेरे नौजवान दोस्त

मजाज़ की इस नज़्म के पीछे दीवाने थे, *'ऐ ग़मे दिल क्या करूँ, ऐ वहशते दिल क्या करूँ!'* या फिर उसकी नूरा नर्स की इन पंक्तियों के, *'लिखती है ख़त वो बेज़ार होकर, फिर कब आओगे, बीमार होकर।'*

पर तभी मैंने अचानक हिन्दी की एक पत्रिका में (शायद 'संकेत' में) फ़ैज़ की यह छोटी-सी नज़्म पढ़ी—

*'फिर कोई आया, दिलेज़ार, नहीं कोई नहीं*
*राहरौ होगा कहीं और चला जाएगा*
*अपने बेख़्वाब किवाड़ों को मुक़्क़फ़ल कर लो*
*अब यहाँ कोई नहीं, कोई नहीं आएगा।'*

यह नज़्म कहने का एक निराला अन्दाज़ था : शायर यहाँ ख़ुद से ही बातचीत कर रहा है, ख़ुद सवाल कर रहा है, ख़ुद जवाब दे रहा है और अन्त में हताश होकर कहता है, *'अपने बेख़्वाब किवाड़ों को मुक़फ़्फ़ल कर लो... !'* बेइन्तिहा तनहाई में लिखी यह नज़्म शायद केवल किसी आदमी का या तनहाई में किसी संगी-साथी का ही इन्तज़ार नहीं कर रही है बल्कि उसके इन्तज़ार का असली अर्थ तब खुलता है जब फ़ैज़ लिखते हैं—

*'ये दाग़-दाग़ उजाला ये शब गज़ीदा सहर*
*वो इन्तज़ार था जिसका ये वो सहर तो नहीं।'*

फ़ैज़ की यही ख़ूबी है जो उन्हें बाकी शायरों से अलग और विशिष्ट बनाती है, यही 'ग़मे जानाँ' के 'गमे दौराँ' में तब्दील कर देने वाली ख़ूबी है!

फ़ैज़ की शायरी के कई दौर और कई मुकाम हैं; पहले दौर में वे घनघोर रोमानी शायर के रूप में नज़र आते हैं, पर वहाँ भी उनका अन्दाज़ नितान्त उनका ही है, मसलन वे बड़ी सादगी और मासूमियत से प्यार के इज़हार में अपनी असमर्थता बयान करते हुए लिखते हैं, *'घर से तो हर मुआमला करके चले थे साफ़ हम, कहने में उनके सामने बात बदल-बदल गयी... ।'* पर धीरे-धीरे इस रोमांटिकता में भी एक गाढ़ा रंग भरता जाता है और एक गहरी ऐन्द्रिकता की ऊष्मा उसमें आ जाती है जिसके अनेक शेड्स तब की शायरी में देखे जा सकते हैं, *'मुझे दे दो, रसीले होंठ, मासूमाना पेशानी, हँसीं आँखें कि मैं इक बार फिर रंगीनियों में ग़र्क़ हो जाऊँ'* या 'रंग-पैराहन का, ख़ुशबू ज़ुल्फ़ लहराने का नाम। मौसमे गुल है तुम्हारे बाम पर आने का नाम' आदि। पर जल्दी ही उन्हें उसकी निस्सारता का एहसास होने लगता है (यानी स्थूल प्यार और मुहब्बत का) और वे लिखने लगते हैं—

*'कई बार इसका दामन भर दिया है हुस्ने-दोआलम से।*
*मगर दिल है कि उसकी खान:-वीरानी नहीं जाती।'*

क्योंकि तलाश कुछ और की है।

*'कई बार जिसकी ख़ातिर ज़र्रे-ज़र्रे का जिगर चीरा,*
*मगर ये चश्मे-हैराँ जिसकी हैरानी नहीं जाती।'*

यही जिज्ञासा, यही प्रश्नाकुलता फ़ैज़ को नयी ऊँचाइयों और बुलन्दियों तक ले जाती है।

वे मूलतः रोमांटिक शायर थे, किन्तु उनकी रोमांटिकता फ़िराक़ की रोमांटिकता से भिन्न किस्म की थी। फ़िराक के ज़ेहन में अँग्रेजी के रोमांटिक कवि शेली, कीट्स, बायरन आदि की कविताएँ भरी हुई थीं और अकसर उनकी कविताएँ उन कवियों के काफ़ी क़रीब नज़र आती हैं जिन्हें वे हिन्दी-उर्दू की गंगा-जमुनी जबान में बड़ी ख़ूबसूरती से ढालकर प्रस्तुत करते हैं, मसलन उनका यह शेर *'ये ज़िन्दगी के कड़े कोस याद आता है, तेरी निगाहे-करम का घना-घना साया।'* या फिर *'गुज़रे हुए ज़माने यूँ याद आ रहे हैं/मुँह फेरकर वो जैसे मुस्करा रहे हैं।'* लेकिन फ़ैज़ की रोमांटिकता का अन्दाज़ कुछ और ही था : वे अपनी प्रेम कविताओं में भी डी-परसन्लाइज़्ड करके या अपने से बाहर निकल कर ख़ुद को 'वो' या 'वह' के रूप में देख पाते हैं—

*'दोनों जहान तेरी मुहब्बत में हार के*
*वो जा रहा है कोई शबे-ग़म गुज़ार के।'*

ज़ाहिर है कि मुहब्बत में हारने वाला व्यक्ति ख़ुद शायर ही है पर यहाँ वह अपने को 'वो' के रूप में ही देख रहा है। यह अपने आप में शेर कहने की नितान्त नयी शैली भी थी। इसके अलावा फ़ैज़ अपने को मोहब्बत में या प्रेम में ही ग़र्क़ नहीं कर देते और यह 'हार' या 'पराजय' उन्हें दीवाना नहीं बना देती बल्कि वे उसका अतिक्रमण करते हैं। दुनिया या ज़िन्दगी प्रेम तक ही सीमित नहीं है। फ़ैज़ ख़ुद तो उस सीमित दायरे से बाहर जाते ही हैं उर्दू शायरी को भी उससे ज़्यादा विस्तृत और बड़े दायरे में ले जाते हैं—

*'दुनिया ने तेरी याद से बेगाना कर दिया*
*तुझसे भी दिलफरेब हैं, ग़म रोज़गार के।'*

यहाँ फ़ैज़ रोमांटिकता से आधुनिकता की संवेदना और भावबोध के शायर के रूप में तब्दील हो जाते हैं।

इस मामले में फ़ैज़ अपने समकालीन और घनिष्ट लैटिन अमेरिकन कवि पाब्लो नेरूदा के निकट नज़र आते हैं जो अपने 'ट्वेंटी लव पोएम्स' के दायरे से निकलकर किसानों, मजदूरों और सर्वहारा वर्ग के कवि के रूप में विख्यात हुए, वह प्रेम की दुनिया से निकलकर 'दुनिया के कवि' के रूप में प्रतिष्ठित हुए। उनकी विख्यात कविता 'द वाटर सांग एंड्स' यही बयान करती है जिसमें वह लिखते हैं, 'दैट वाज़ इन वियतनाम, द वियतनाम ऑफ 1928।' और यह कि 'माई फ्लैग इज़ ब्लू।' फ़ैज़ भी लगभग यही करते हैं, उनकी शायरी का दायरा भी विस्तृत होता हुआ 'फिलिस्तीन', 'बेरूत' और 'अफ्रीका' तक पहुँचता है।

अतः अपने तीसरे दौर की शायरी में फ़ैज़ हिन्दुस्तान और पाकिस्तान की सरहदें पार कर अन्तरराष्ट्रीय कवि के रूप में प्रतिष्ठित हो गये थे। वे प्रगतिशील और वामपन्थी विचारों के शायर थे और अन्तरराष्ट्रीय प्रगतिशील पत्रिका 'लोटस' से जुड़े हुए थे (सम्पादक के रूप में)।

अपने देश पाकिस्तान में उन्हें ज़्यादातर वक़्त वहाँ की जेलों में गुज़ारना पड़ा था। जहाँ रहकर उनकी शायरी का एक और रुख और रंग नज़र आता है। जेल की ज़िन्दगी उन्हें तोड़ती नहीं, न दुख और दर्द से बेहाल करती है। अतः वहाँ रहकर लिखी गयी उनकी

शायरी में कोई हाय-तौबा नहीं है, बल्कि बेफ़िक्री है, औघड़पन है जेल की परेशानियों, मुफ़लिसी और तंगहाली को भी उन्होंने बड़े ह्यूमर और बेफ़िक्री के साथ बयान किया है, *'न गुल खिले हैं, न उनसे मिले, न मय पी है। अजीब रंग में अब के बहार गुज़री है।'* या *'क़फ़स उदास है यारो सबा से कुछ तो कहो/कहीं तो बह्‌रे-ख़ुदा आज ज़िक्रे-यार चले।'* इसी ग़ज़ल में जो उन्होंने मोंटगोमरी जेल में लिखी थी वह विख्यात शेर भी है जिसके आधार पर मैंने शुरू में ही उनके सफ़रनामे का शीर्षक दिया था, *'मुकाम फ़ैज़ कोई राह में जँचा ही नहीं/जो कू-ए-यार से निकले तो सू-ए-दार चले।'*

1951 में उन्हें रावलपिंडी षड्‌यन्त्र केस में गिरफ़्तार करके जेल भेजा गया तो यह ख़तरा था कि कहीं उन्हें फाँसी की सज़ा (सू-ए-दार) न हो जाए। तब उन्हें सचमुच अपना सफ़र फाँसी के तख़्ते पर चढ़कर ही ख़त्म करना पड़ता। पर वे बच गये थे।

फ़ैज़ की शायरी की एक ख़ास बात यह भी थी कि उन्होंने गुल, बुलबुल, गुलाब, मय और भी मीना से गुरेज न करते हुए भी अपनी शायरी में उनके परम्परागत अर्थ और कंटेट को बिलकुल बदल दिया।

लेकिन फ़ैज़ अपने देश पाकिस्तान में कभी ख़ुश नहीं रहे : उन्होंने जिस आज़ादी, जिस सहर की कल्पना की थी वो वहाँ कभी आयी ही नहीं, जो आयी वह दाग़-दाग़ आयी। उन्होंने वहाँ की आज़ाद फिज़ा में साँस लेने की, खुलकर बोलने की, अपने को अभिव्यक्त करने की कल्पना की थी और लिखा था कि *'बोल कि लब आज़ाद हैं तेरे, बोल जुबाँ अब तक तेरी है।'* पर वहाँ न लब आज़ाद थे और जुबान! लब सी दिये गये थे और जुबान पर ताले थे। क्योंकि वहाँ सही मायनों में लोकतन्त्र कभी नहीं आया ज़्यादातर तानाशाहों की ही सत्ता रही। फ़ैज़ का उस फ़िज़ा में दम घुटता था। उन्होंने बेहद मायूस होकर लिखा था, *'निसार मैं तेरी गलियों पे ऐ वतन कि जहाँ/चली है रस्म के कोई न सर उठा के चले... नज़र चुरा के चले जिस्मों जाँ बचा के चले।'*

बांग्लादेश बन जाने के बाद जब वे ढाका गये और वहाँ उन्होंने पाकिस्तानी सरकार के जुल्म के निशान देखे, बरबादी देखी अपने ही कौम के उन लोगों की जो कल तक अपने थे और आज पराये हो चुके थे तो उन्होंने और ज़्यादा मायूस होकर लिखा, *'हम तो ठहरे अजनबी इतनी मदारातों के बाद, फिर बनेंगे आशना कितनी मुलाक़ातों के बाद/कब नज़र में आएगी बेदाग़ सब्ज़े की बहार, ख़ून के धब्बे धुलेंगे कितनी बरसातों के बाद...।'*

फ़ैज़ यह सब बहुत गहरी पीड़ा और वेदना के साथ लिख रहे थे। बहुत कम कवि और शायर होंगे जिन्हें मानवता तथा इंसान से इतनी सच्ची तथा बेपनाह मुहब्बत होगी और जिनका दुख-दर्द देखकर जिसका दिल चाक़-चाक़ हो जाता होगा, फ़ैज़ उन्हीं विरल क़िस्म के शायरों में थे। लेकिन आख़िर में उन्हें लगा कि इस तरह रोने-घिघियाने से कुछ हासिल नहीं होगा तो उन्होंने विद्रोही स्वरों में हुंकार के साथ लिखा—

*'हम देखेंगे*<br>
*लाज़िम है कि हम भी देखेंगे*

*वो दिन*
*कि जिसका वादा है।*
*जो लौहे-अज़ल में लिखा है*
*जब ज़ुल्मो-सितम के कोहे गराँ*
*रूई की तरह उड़ जाएँगे...'*

लेकिन दुर्भाग्य से फ़ैज़ वो दिन नहीं देख सके क्योंकि वह दिन कभी आया ही नहीं।

लेकिन इस कौमी तराने को मशहूर ग़ज़ल गायिका इकबाल बानो ने ऐसे ललकारने वाले स्वरों में गाया है सचमुच हज़ारों के दिल धड़धड़ धड़कते हैं और यह आवाज़ एक कौमी विद्रोह की आवाज़ बन गयी। कुछ दिनों पहले जब इकबाल बेग़म का इन्तकाल हुआ तो यही तराना उनकी आवाज़ में सबसे अधिक बुलन्दी के साथ सुनाया गया था।

लेकिन इकबाल बानो ने फ़ैज़ की एक बेहद नाज़ुक और नफ़ीस क़िस्म की ग़ज़ल जिस 'कूँजती' हुई (गूँजती हुई नहीं) आवाज़ में गायी है वह बेमिसाल है बहरहाल वह ग़ज़ल है—

*'दश्ते तनहाई में ऐ जाने-जहाँ लरज़ाँ हैं*
*तेरी आवाज़ के साये, तेरे होठों के सराब...'*
*इस क़दर प्यार से जाने जहाँ रखा है। दिल के रुखसार पे तेरी याद ने हाथ।'*

इस ग़ज़ल गायकी की बारीक़ी तो यहाँ बयाँ नहीं की जा सकती पर फ़ैज़ की शायरी की बारीक़ी तो कुछ बताई ही जा सकती है। ज़रा इसका बिम्बविधान देखिए, आवाज़ का साया : आवाज़ की छाया क्या होती होगी? और यह भ्रम (सराब) कि तुम्हारे होठ छू रहे हैं मुझे? और फिर कि ऐसे में दिल के रुख़सार पर तेरी याद ने हाथ रखा है। इस इमेजरी का शायद ही कोई और उदाहरण हो! फ़ैज़ के यहाँ ऐसी ज़बर्दस्त और समृद्ध इमेजरी भी बहुत मिलेगी जैसे, 'दर्द आएगा दबे पाँव लिये सुर्ख़ चिराग़।' दर्द के हाथों में सुर्ख़, लाल दहकता हुआ रोशन चिराग़। न जाने किन क्षणों में ऐसे बिम्ब आते होंगे! यहाँ दर्द को परसानीफाई (मानवीकरण) किया गया है वह उसके असर को और उसके ख़ौफ़ को हिला देने वाली हद तक बढ़ा देता है।

फ़ैज़ ने 'रेटारिकल' ग़ज़लें और नज़्में भी ख़ूब लिखी हैं नारेबाज़ी की हद तक, पर वो उनकी शायरी या कविता के अंग नहीं बल्कि उनकी ऐक्टिविटी या ऐक्शन के अंग हैं। कभी-कभी कविता भी ऐक्शन बन जाती है, इससे इनकार नहीं किया जा सकता जैसे हिन्दी कवि शमशेर की यह पंक्ति, 'लेकर ऊँचा नारा, कौन पुकारा?' फ़ैज़ तो बाक़ायदे ऐक्टिविस्ट हो गये थे। पाकिस्तानी सत्ता ने उन्हें रोकने के लिए ऊँचे-ऊँचे ओहदों पर रखा, बाँधा सुनहरी ज़ंजीरों से पर बार-बार वे उन्हें तोड़कर निकल जाते।

फ़ैज़ अपने समय के सर्वश्रेष्ठ ग़ज़ल गायकों और गायिकाओं के पसन्दीदा शायर थे, इकबाल बानो ने तो उनकी कई ग़ज़लें गायी थीं ही। फरीदा ख़ानम और ग़ज़ल गायकी के बादशाह मेंहदी हसन ने तो उनकी न जाने कितनी ग़ज़लों को अपनी ख़ूबसूरत आवाज़ में

पिरोकर हमेशा-हमेशा के लिए अमर कर लिया है।

इनके अलावा फ़ैज़ साहब को दर्ज़नों गायक-गायिकाओं ने गाया है और आज भी नये से नये गायक-गायिकाओं के वे चहेते शायर हैं। कोई भी शायर जब किताब के पन्नों से निकलकर गली और गानेवालों के गले में उतर आता है तो वह जन और जनता का शायर हो जाता है। फ़ैज़ अगर जन क्रान्ति और विद्रोह के शायर थे तो दूसरे छोर पर प्यार और मोहब्बत का सन्देश देने वाले ग़ज़ल गायकों के भी शायर थे। इस तरह वे इन दोनों कसौटियों पर खरे उतरते हैं।

1984 में जब लाहौर में उनका निधन हुआ तो ठीक उसके पहले 'नोबेल पुरस्कार' के लिए उनका नामांकन किया जा चुका था— 'लेनिन शान्ति पुरस्कार' तो वे पहले ही प्राप्त कर चुके थे।

# फ़ैज़ का क़लाम : जहाँ प्रेम और क्रान्ति सहोदर हैं

## परमानन्द श्रीवास्तव

**फ़ैज़ की कविता का स्पेस** बड़ा है। उनके यहाँ प्रेम और क्रान्ति अभिन्न है। फ़ैज़ की विचारधारा सीमित अर्थ में मार्क्सवाद नहीं है। उनकी विश्व-दृष्टि में समय और समयातीत दोनों शामिल हैं। सौ साल बाद फ़ैज़ को पढ़ना एक भीतरी जंग से गुज़रना है। कभी अरिस्तो कार्दिनाल ने प्रेम और क्रान्ति को अभिन्न बताया था। पाब्लो नेरुदा की प्रेम कविताएँ क्रान्ति की भी कविताएँ हैं। आज फ़ैज़ उर्दू और पाकिस्तान के ही कवि नहीं हैं, पूरी दुनिया के कवि हैं। फ़ैज़ की आत्मा उस दुनिया में साँस लेती है, जिसमें श्वेत-अश्वेत, गोरे और काले, हिन्दू-मुसलमान, आध्यात्मिक और लौकिक सबका अन्तर्भाव है। उर्दू के बड़े आलोचक मुहम्मद हसन मानते हैं कि 'फ़ैज़ ने एक योद्धा का जीवन बिताया'। फ़ैज़ के यहाँ शब्द हैं, तो चुप्पी भी है।

फ़ैज़ के शब्द हैं—

*'आओ दो-चार घड़ी मेरे मुक़ाबिल बैठो*
*गरचे मिल बैठेंगे हम तुम तो मुलाक़ात के बाद*
*अपना एहसास-ए-जियाँ और ज़ियादा होगा*
*हमसुख़न होंगे जो हम दोनों तो हर बात के बीच*
*अनकही बात का मौहूम-सा पर्दा होगा*
*कोई इक़रार न मैं याद दिलाऊँगा न तुम*
*कोई मज़्मून वफ़ा का न जफ़ा का होगा'।*

यह है फ़ैज़ की दुनिया— जिसमें लन्दन, मास्को, बेरुत, ताशकन्द, पेरिस से लिखी कविताएँ एक क्रान्तिकारी उम्मीद से लैस हैं। मुश्किल दिनों में यही एक अर्थ में प्रेम और रूमान की कविताएँ हैं।

*'गर्द-ए-अय्याम की तहरीर को धोने के लिए*
*तुमसे गोया हों हम-ए-दीद जो मेरी पलकें*
*तुम जो चाहो तो सुनो*
*और न चाहो न सुनो*
*और जो हर्फ़ करें मुझसे गुरेज़ाँ आँखें*
*तुम जो चाहो तो कहो*
*और जो न चाहो न कहो'।*

'मेरे मिलनेवाले' कविता की आख़िरी पंक्तियाँ हैं—

*'वो सुब्ह आयी दमकते नश्तर से*
*याद के ज़ख़्म को मनाने/वो दोपहर आयी, आस्तीं में*
*छुपाये शोलों के ताज़याने*
*ये आये सब मेरे मिलने वाले*
*कि जिन से दिन रात वास्ता है'।*

फ़ैज़ की हार्दिकता, आत्मीयता, संवेदनशीलता, अवसाद, सुकून सभी उनकी कविता को बड़ा स्पेस देते हैं। फ़ैज़ कभी 'फलिस्तीनी बच्चे के लिए लोरी' लिखते हैं, 'कभी क्या करे' जैसी कविता—

*'मिरी-तिरी निगाह में*
*जो लाख इन्तज़ार हैं*
*जो मेरे-तेरे बदन में*
*लाख दिल फ़िगार हैं*
*जो मेरे-तेरे शहर में*
*हर इक गली में*
*मेरे-तेरे नक़्श-ए-पा के बेनिशाँ मज़ार हैं।'*

फ़ैज़ की प्रमुख रचनाएँ हैं— नक़्शे-फ़रियादी (1941), दस्ते-सबा (1953), ज़िन्दाँनामा (1956), मीज़ान (1956), दस्ततहे-संग (1965), सरे-वादी-ए-सीना (1971), शामे-शहरे-याराँ (1979), मिरे दिल मिरे मुसाफ़िर (1981) सारे सुख़न हमारे (1984)। फ़ैज़ की रचनाओं का अँग्रेजी, रूसी, बलूची, हिन्दी और कई भाषाओं में अनुवाद हुआ है। फ़ैज़ ने (1911-1984) एक लम्बी उम्र पायी। वे अफ्रो-एशियन लेखक संगठन के अगुवा रहे। फ़ैज़ पंजाब के लोकगीतों से प्रभावित थे। 'गाँव' पर उनकी कविता है— (बेरुत से लिखी)

*'गाँव की सड़क' : 'ये देस मुफ़लिस-ओ-नादार कजकुलाहों का*
*ये देस बेज़र-ओ-दीनार बादशाहों का*

*कि जिसकी ख़ाक में क़ुदरत है ये नायाबान-ए-ख़ुदावन्द-ए-अर्ज़ का मसकन*
*ये नेक पाक बुज़ुर्गों की रूह का मदफ़न*
*न जाने कितने ज़मानों से इसका हर रास्ता*
*मिसाल-ए-खाना-ए-बे-ख़ानमाँ था दरबस्ता*
*खुशा कि आज बफ़ज़्ल-ए-ख़ुदा वो दिन आया*
*कि दस्त-ए-ग़ैब से इस घर की दर-कुशाई की*
*चुने गये हैं सभी ख़ार इसकी राहों से*
*सुनी गयी है बिल आख़िर बरहनापाई की।'*

यह रास्ता उन्हीं रास्तों से जुड़ा है, जिससे प्रेम जुड़ा है, क्रान्ति जुड़ी है।

फ़ैज़ की ग़ज़लों में वैविध्य है। कहीं संवाद है, कहीं ख़ामोशी। जैसे—

*'जैसे हम बज़्म में फिर यार-ए-तरहदार से हम*
*रात मिलते रहे अपने दरो-दीवार से हम*
*सरख़ुशी में यूँ ही सरमस्त-ओ-ग़ज़ल ख़्वाँ गुज़रे।*
*कू-ए-क़ातिल से कभी कूच-ए-दिलदार से हम*
*अब वहाँ कितनी मुरस्सा है वो सूरज की किरन*
*... फ़ैज़ जब चाहा जो कुछ चाहा सदा माँग लिये*
*हाथ फैला के दिल-ए-बे-ज़र-ओ-दीनार से हम'।*

या—

*'अब कहाँ रस्म घर लुटाने की*
*बरकतें थीं शराबख़ाने की*
*कौन है जिससे गुफ़्तगू कीजे*
*जान देने की दिल लगाने की*
*बात छेड़ी तो उठ गयी महफ़िल*
*उनसे जो बात थी बताने की*
*साज़ उठाया तो थम गया ग़म-ए-दिल*
*रह गयी आरज़ू सुनाने की*
*चाँद फिर आज भी नहीं निकला*
*कितनी हसरत थी उनके आने की'।*

फ़ैज़ का शब्द-चयन, लय, वाक्य विन्यास, ध्वन्यात्मक गूँजें उनकी कविता को यादगार बना देती हैं। फ़ैज़ की दुनिया में एक पूरी सृष्टि है— प्रेम और युद्ध, और भी बहुत कुछ। एक बड़ा कवि स्मृतियों से बड़ा होता है।

उर्दू के महान कवि मख़दूम ने तेलंगाना आन्दोलन में भाग लिया था। फ़ैज़ ने उन्हीं के प्रभाव में दो ग़ज़लें लिखीं :

*'आप की याद आती रही रात भर*

*चाँदनी दिल दुखाती रही रात भर*
*गाह जलती हुई गाह बुझती हुई*
*शम-ए-ग़म झिलमिलाती रही रात भर*
*कोई ख़ुशबू बदलती रही पैरहन*
*कोई तस्वीर गाती रही रात भर*
*फिर सबा साया-ए-शाखे-गुल के तले*
*कोई क़िस्सा सुनाती रही रात भर*
*जो न आया उसे कोई ज़ंजीरे-दर*
*हर सदा पर बुलाती रही रात भर*
*एक उम्मीद से दिल बहलता रहा*
*इक तमन्ना सताती रही रात भर'।*

ग़ज़ल मास्को में लिखी गयी सितम्बर 1978 में। दूसरी कवि 'मख़दूम की याद में'—

*'याद का फिर कोई दरवाज़ा खुला आख़िरे-शब*
*दिल में बिखरी कोई ख़ुशबू-ए-क़बा आख़िरे-शब*
*सुबह फूटी तो वो पहलू से उठा आख़िरे-शब*
*वो जो एक उम्र से आया न गया आख़िरे-शब...*
*घर जो वीराँ था सरे-शाम वो कैसे-कैसे*
*फ़ुरकते-यार ने आबाद किया आख़िरे-शब*
*जिस अदा से कोई आया था कभी अव्वले-सुब्ह*
*उसी अन्दाज़ से चल बादे-सबा आख़िरे-शब'।*

प्रतीक्षा की व्यग्रता कवि को बेचैन करती है। फ़ैज़ के यहाँ नींद भी है, रतजगा भी है। वीरानी भी, बस्ती भी है। कभी अकेलापन है, तो कभी कारवाँ है।

'ज़िन्दाँ की एक सुबह' कविता की आरम्भिक पंक्तियाँ हैं—

*'रात बाक़ी थी अभी जब सरे-बालीं आकर*
*चाँद ने मुझसे कहा, जाग सहर आयी है*
*जाग, इस शब जो मये-ख़्वाब तिरा हिस्सा थी*
*जाम के लब से तहे-जाम उतर आयी है*
*जा-ब-जा रक़्स में आने लगे चाँदी के भँवर*
*चाँद के हाथ से तारों के कँवल गिर-गिर कर*
*डूबते, तैरते, मुरझाते रहे, खिलते रहे*
*रात और सुब्ह बहुत देर गले मिलते रहे*
*...नींद की ओस ने उन चेहरों से धो डाला था*
*देस का दर्द, फ़िराक़े-रुख़े-महबूब का ग़म*
*दूर नौबत हुई, फिरने लगे बेज़ार क़दम*

*...अह्ले-ज़िन्दाँ के ग़ज़बनाक ख़रोशाँ नाले*
*जिनकी बाँहों में फिरा करते हैं बाँहे डाले*
*लज़्ज़ते-ख़्वाब से मख़्मूर हवाएँ जागीं*
*जेल की ज़हर भरी चूर सदाएँ जागीं'।*

फ़ैज़ की ज़िन्दगी का बड़ा हिस्सा जेलों में बीता। जैसे जेल उनका घर हो। जेल में उम्मीद है, तो नाउम्मीदी भी। नींद है तो अनिद्रा थी। एक जाना-पहचाना दरवाज़ा है— कभी बन्द पड़ा रहता है, कभी खुलता है। 'सफ़रनामा' कविता में कई मोड़ हैं। साठ करोड़ लोग फ़ैज़ की कविता पर दस्तक देते हैं। इन्तज़ार अपने आप में उम्मीद है।

*'अब कोई जंग न होगी, न कभी रात गये*
*खून की आग को अश्कों से बुझाना होगा*
*कोई दिल धड़केगा शब-भर न किसी आँगन में*
*वहम मनहूस परिन्दे की तरह आएगा*
*सहम ख़ूँखार दरिन्दे की तरह आएगा*
*अब कोई जंग न होगी मयो-साग़र लाओ*
*ख़ूँ लुटाना न कभी अश्क बहाना होगा'।*

पंजाबी लहज़े में लिखी कविताएँ फ़ैज़ के देशज ठाट का आभास कराती हैं। शब्दावली से अधिक लोक-लय महत्त्वपूर्ण है। पाठ-गत सतर्कता अपेक्षित है।

*'वतने दियाँ ठँडियाँ छाई ओ यार*
*टिक रौ थाँई ओ यार/रोज़ी देवेगा साईं। ओ यार*
*टिक रौ थाँई ओ यार*
*हीर नूँ छड टुर गयो क्यों रँजीठे*
*खेड़ियाँ दे घर पे गये हासे*
*पिंड विच कढ्ढी टौर शरीकाँ*
*याराँ दे ढहे पए मुँडासे*
*वीराँ दियाँ टुर गय्याँ बाई*
*ओ यार*
*हिक रौ थाँई ओ यार*
*रोज़ी देवेगा साँई'।*

यह लोक में राग की झलक है। काम का अध्यात्म। बेरुत से 1980 में लिखी कविता का अन्दाज़ निराला है। *'हम मुसाफ़िर यूँ ही मसरूफ़-ए-सफ़र जाएँगे/बेनिशाँ हो गये जब शह्र तो घर जाएँगे/ किस क़दर होगा यहाँ मेहर-ओ-वफ़ा का मातम/हम तिरी याद से जिस रोज़ उतर जाएँगे/... .फ़ैज़ आते हैं रह-ए-इश्क़ में जो सख़्त मुक़ाम/आने वालों से कहो हम तो गुज़र जाएँगे।'*

सुकून में या गर्दिश में फ़ैज़ का अन्दाज़ विरल है। उनके शब्द हैं— *'सितम सिखलाएगा*

*रस्म-ए-वफ़ा ऐसे नहीं होता/सनम दिखलाएँगे राह-ए-ख़ुदा ऐसे नहीं होता/गिनो सब हसरतें जो ख़ूँ हुई हैं तन के मक़्तल में/मिरे क़ातिल हिसाब-ए-ख़ूँ-बहा ऐसे नहीं होता/जहान-ए-दिल में काम आती हैं तदबीरें न ताज़ीरें/यहाँ पैमान-ए-तसलीम-ओ-रिज़ा ऐसे नहीं होता/हर इक शब हर घड़ी गुज़रे क़यामत यूँ तो होता है/मगर हर सुबह हो रोज़-ए-जज़ा ऐसे नहीं होता/रवाँ है नब्ज़-ए-दौराँ, गर्दिशों में आसमाँ सारे/जो तुम कहते हो सब कुछ हो चुका ऐसे नहीं होता'*। कभी वक़्ते-मातम में फ़ैज़ अपनी राह अलग चुनते हैं। कभी रवीन्द्रनाथ ने अकेले चलने को उम्मीद-भरा माना था— फ़ैज़ की सार्थकता यह है कि वे साथ चलते हैं— *'ठहर गयी आसमाँ की नदिया/वो जा लगी है उफ़ुक किनारे/उदास रंगों की चाँद नैया/उतर गये साहिल-ए-ज़मीं पर/सभी खिवैया/तमाम तारे/उखड़ गयी साँस पत्तियों की/चली गयीं ऊँघ में हवाएँ/गुज़र बजा हुक्म-ए-ख़ामुशीं का/तो चुप में गुम हो गयीं सदाएँ/सर की गोरी की छातियों से/ढलक गयी तीरगी की चादर... ।'*

कहीं यादों की चिताएँ चलती हैं, कहीं रोने में मुस्कराहट की आँच आती है। 'प्रेम कथा का अन्त न कोई।' क्या फ़ैज़ का सारा कलाम प्रेम की कहानी है! वही तड़प वही बेचैनी। दिल जहाँ है, दर्द ही दर्द है। यह हताशा नहीं है। अगली लड़ाई की तैयारी है। दुनिया में साम्राज्यवाद-पूँजीवाद का खेल है, आख़िरी आदमी का कोई पुरसाँहाल नहीं है। पर एक दिन समय बदलेगा, आज़ादी मिलेगी। मामूली आदमी की आज़ादी। फ़ैज़ के शब्द हैं— 'जिस ज़मीं पे भी खुला मेरे लहू का परचम/लहलहाता है वहाँ अर्ज़-ए-फलिस्तीं का अलम/तेरे आका ने किया एक फलिस्तीं बरबाद/मेरे ज़ख़्मों ने किए कितने फलिस्तीं आज़ाद।'

फ़ैज़ की ग़ज़लें ना-उम्मीदी के बरक्स उम्मीद हैं। फ़ैज़ के यहाँ मामूली आदमी की मुक्ति एक बड़ा सपना है। 'हम पर तुम्हारी चाह का इल्ज़ाम ही तो है/दुश्नाम तो नहीं है ये इकराम ही तो है/... दिल ना-उम्मीद तो नहीं, नाकाम ही तो है/लम्बी है ग़म की शाम मगर शाम ही तो है/...आख़िर तो एक रोज़ करेगी नज़र वफ़ा/वो यारे-ख़ुशख़याल सरे-बाम ही तो है/भीगी है रात फ़ैज़ ग़ज़ल इब्तदा करो/वक़्ते-सरोद, दर्द का हंगाम ही तो है'। कविता और संगीत अभिन्न हैं। समय के लिए यह प्रेम का महास्वप्न है तो क्रान्ति का विराट स्वप्न भी। कराची अस्पताल से लिखी ग़ज़ल अर्थवान है— *'सुबह की आज जो रंगत है वो पहले तो न थी/क्या ख़बर आज ख़रामाँ सरे-गुलज़ार है कौन/शाम गुलज़ार हुई जाती है देखो तो सही/ये जो निकला है लिये मशअले-रुख़सार है कौन/रात महकी हुई आयी है कहीं से, पूछो/आज बिखराये हुए ज़ुल्फ़े-तरहदार है कौन।'*

आज़ादी (1947) पर फ़ैज़ की टिप्पणी : *'ये दाग़-दाग़ उजाला, ये शबगज़ीदा सहर/वो इन्तज़ार था जिसका, ये वो सहर तो नहीं/ये वो सहर तो नहीं जिसकी आरज़ू लेकर/चले थे यार के: मिल जाएगी कहीं न कहीं/फ़लक के दश्त में तारों की आख़िरी मंज़िल/कहीं तो होगा शबे-सुस्त मौज का साहिल/कहीं तो जाके रुकेगा सफ़ीन ए-ग़मे-दिल/जहाँ लहू की पुरःअसरार शाहराहों से/चले जो यार तो दामन पे कितने हाथ पड़े/दयारे-हुस्न की बे-सब्र ख़्वाबगाहों से/*

*पुकारती रहीं बाँहें-बदन बुलाते रहे/...कहाँ से आयीं निगारे-सबा किधर को गयी/अभी चिराग़े-सरे-रह को कुछ ख़बर ही नहीं/अभी गरानी-ए-शब में कमी नहीं आयी/नजाते-दीदः-ओ-दिल की घड़ी नहीं आयी/चले चलो कि वह मंज़िल अभी नहीं आयी।'*

'जिस रोज़ कज़ा आएगी'— में शुरू की पंक्तियाँ हैं— *'किस तरह आएगी जिस रोज़ कज़ा आएगी/ शायद इस तरह के: जिस तौर कभी अव्वले-शब/...शायद इस तरह के: जिस तौर कभी आख़िरे-शब/नीम-वा कलियों से सरसब्ज़ सहर/यक-ब-यक हुजरः महबूब में लहराने लगे/और ख़ामोश दरीचों से ब-हंगामे-रहील/झनझनाते हुए तारों की सदा आने लगे/...जिस तरह आएगी कज़ा जिस रोज़ कज़ा आएगी/ख्वाह क़ातिल की तरह आये के: महबूब सिफ़त/दिल से बस होगी यही हर्फ़-विदा की सूरत/...कलमः ए-शुक्र बनाये लबे-शीरीं-दहना'*।

कहीं फ़ैज़ रसूल हमज़ातोव को याद करते हैं, जो न सिर्फ़ समानधर्मा हैं, बल्कि क्रान्ति के हमसफ़र भी हैं। कहीं बाग़ों में पत्ते महकते हैं, कहीं शबनम के मोती दहकते हैं। यह समय एक नया प्रस्थान है। प्रगतिशील साहित्य आन्दोलन के सत्तर साल बाद हम एक धरोहर को आगे ले जाने की फ़िक्र में हैं। कभी सज्जाद ज़हीर, फ़ैज़, रशीद जहाँ, प्रेमचन्द एक साहित्य-आन्दोलन की नींव रख रहे थे, आज समय है कि हम वैश्वीकरण, उपभोक्तावाद से अलग नयी क्रान्ति का सपना देखें। स्वप्नभंग के बाद हम एक नयी लोकतान्त्रिक व्यवस्था को यथार्थ में बदलना चाहते हैं। मंज़र और है, लेकिन इक्कीसवीं सदी की युवा पीढ़ी उम्मीद पर आख़िरी भरोसा नहीं छोड़ती। 'नक्शे फ़रियादी' में कभी फ़ैज़ ने देखा था : *'आस उस दर से टूटती ही नहीं/जाके देखा, न जाके देख लिया'*।

# फ़ैज़ : सूफ़ीज़्म से मार्क्सिज़्म तक

अली अहमद फ़ातमी

अनुवाद : शाहनवाज़ आलम

**फ़ैज़ की नरम-व नाज़ुक** शायरी, नज़्म का ग़ज़लिया अन्दाज़, पुरानी बोतल में नयी शराब तमाम पाठकों और आलोचकों को इस कद्र पसन्द आयी कि वह आँख बन्द करके हर तबक़ा-ए-फ़िक्र के महबूब-ओ-मक़बूल शायर तसलीम किये गये और प्रगतिशील आन्दोलन की सबसे अहम (महत्त्वपूर्ण) और बलन्द-ओ बाला शख़्सियत। उनकी शायरी की महबूबियत और मक़बूलियत से किसे इन्कार, लेकिन इसके असबाब (कारण)-ओ-अलल या उसके अवामिल-ओ-मोर्हरेकात (प्रेरकता) पर ग़ौर करने की आम तौर पर ज़हमत नहीं की गयी। शायद इसकी ज़रूरत न थी। सबको आम खाने से मतलब पेड़ को शुमार कौन करे। सबके सब फ़ैज़ की दिलनवाज़ शख़्सियत और शायराना ग़ेनाईयत (समृद्धता) में इस क़द्र गुम थे कि किसी ने ये जानने की ज़रूरत न समझी कि उन सबके पीछे महज़ रिवायती इश्क़ (पारम्परिक प्रेम) या हरफ़ो लफ़्ज़ की दरोबस्त का मामला न था, बल्कि इब्तेदाई तालीम-ओ तहज़ीब और फिकरो दानिश (विचार एवं ज्ञान) के वे सिलसिले थे, जिन्होंने फ़ैज़ को महज़ रिवायती शायर नहीं बनने दिया, बल्कि, मोफ़क्किर (विचारक) व दानिशवर (बुद्धिमान) भी बनाया, जिसने आगे बढ़कर बाक़ायदा एक शक्ल एख़्तियार की और एक मज़बूत रास्ता बनाया, वर्ना समाजवाद या प्रगतिशील आन्दोलन से वाबस्तगी कोई राह चलते हादसा न थी या महमूदुज़्ज़फ़र, रशीद जहाँ और सज्जाद ज़हीर की दोस्ताना मुरव्वत भी न थी।

फ़ैज़ ने अपने घर की इब्तेदाई तालीम-ओ तरबियत के द्वारा जो ग़ैर मामूली असरात क़ुबूल

किये वह क़ाबिले ग़ौर हैं। उनके घर में एक मख़सूस किस्म का मज़हबी माहौल था जिसके डांडे तसव्वुफ़ (अध्यात्म) से मिलते थे, रिवायत है कि फ़ैज़ ने बचपन में कुछ हिस्सा क़ुरान का हिफ़्ज़ (कंठस्थ) कर लिया था। एक मज़मून में ख़ुद फ़ैज़ लिखते हैं— ''सुबह हम अपने अब्बा के साथ फ़ज्र की नमाज़ पढ़ने मस्जिद जाया करते थे, मामूल ये था कि अज़ान के साथ हम उठ बैठते, अब्बा के साथ मस्जिद गये, नमाज़ अदा की और घंटा डेढ़ घंटा मौलवी इब्राहीम मीर सियालकोटी से जो अपने वक़्त के बड़े फ़ाज़िल (विद्वान) थे, क़ुरान शरीफ़ को पढ़ा और समझा। अब्बा के साथ सैर को निकल गये फिर स्कूल...।''

एक बार अल्लामा इक़बाल की सदारत (अध्यक्षता) में अंजुमने इस्लामिया सियालकोट के सालाना जलसे में तिलावते क़ुरान पाक का वाकिआ उन्हें हमेशा याद रहा, ख़ुद लिखते हैं—''मैं इतना छोटा था कि मुझे एक ऊँची मेज़ पर खड़ा कर दिया गया। जब मैं तिलावत कर चुका तो इक़बाल ने बड़े प्यार से सर पर हाथ फेरा और कहा कि, तुम कितने ज़हीन बच्चे हो।'' घर का माहौल मज़हबी तो था ही रिवायती और फरसूदा (जीर्ण) भी था अय्यूब मिर्ज़ा ने एक जगह लिखा है— ''फ़ैज़ एक इन्तेहाई क़दामत पसन्द घर के माहौल में परवान चढ़ा था, ख़वातीन में पर्दा और बुर्क़ा का इस्तेमाल आम और लाज़िम था।''

सबसे पहले फ़ैज़ अंजुमने इस्लामिया के मदरसा में दाख़िल किये गये। ख़ासा एहतेमाम किया गया। ख़ुद तो मख़मली जेकेट पहनी लेकिन स्कूल में टाट बिछा हुआ था और मैले कुचैले बच्चे थे। फ़ैज़ के नाना जो मौलवी कम सूफ़ी ज़्यादा थे और अकसर फ़ैज़ को अच्छी-अच्छी सबकआमेज़ कहानियाँ सुनाया करते थे जिसमें इंसान दोस्ती के पैगाम ज़्यादा होते। जिसका असर कमसिन फ़ैज़ पर यूँ पड़ा कि उनकी ग़रीबी और परेशांहाली देखकर फ़ैज़ भौंचक्के रह गये, वह उन ग़रीब तलबा (विद्यार्थी) के साथ टाट पर बैठ गये। और ये फ़ैसला किया कि अब हम उनके साथ ही बैठेंगे, और पढ़ेंगे। ये ज़िन्दगी का पहला और अजीब तजुर्बा था, जिससे फ़ैज़ का बचपन दो-चार हुआ। मौलवी इब्राहीम सियालकोटी जो उस वक़्त के फ़ाज़िल (विद्वान) शफ़ीक़ (कृपालु) उस्ताद माने जाते थे, उनके दर्से अबजद (वर्णमाला) के साथ-साथ दर्से इंसानियत ने भी प्रभाव डाले। क़ुरान और हदीस का दर्स भी उन्हीं से लिया, कुछ ऐसा मोतास्सिर (प्रभावित) हुए कि ज़िन्दगी भर मौलवी इब्राहीम का ज़िक्र इज़्ज़त और तकरीम (सम्मान) से करते हैं। इसके अलावा आगे चलकर वह मीर हसन और यूसुफ़ सलीम चिश्ती के भी शागिर्द हुए। अरबी से एम.ए. भी किया।

फ़ैज़ की बड़ी बहन 'बीबी गुल' थीं जो फ़ैज़ से मोहब्बत रखती थीं। फ़ैज़ को तैयार करने व प्यार करने में आगे-आगे रहतीं। बक़ौल उन्हीं के कि फ़ैज़ बचपन से ही गम्भीर और ख़ामोश तबीअत के थे सिफ़ाती मिज़ाज रखते थे, खेलने कूदने में कोई ख़ास दिलचस्पी न थी। ऐसे में मज़हबी तालीम और उम्दा उस्ताद से तर्बियत और नाना से किस्सा कहानी की रग़बत ने फ़ैज़ के मिज़ाज को एक राह दी, अय्यूब मिर्ज़ा ने एक और बात लिखी है—

''फ़ैज़ के इर्द-गिर्द घरेलू माहौल पर बेवा, यतीम और दुखी ख़वातीन की मौजूदगी का गहरा असर था, ऐसे असरात के नतीजे में वह बचपन से ही नर्म पसन्द, नर्म मिज़ाज और

सुलह जू हो गया।''

एक जगह और लिखा है— ''फ़ैज़ की ऐसी तर्बियत और माहौल ने उसकी जिबिल्लत (स्वभाव) में उम्र भर ग़म सहने और ग़ुस्सा पीने की खस्लत वदीअत (धरोहर) कर दी, इस पर इल्म के साथ-साथ अमल के नये दरीचे वा होना शुरू हुए।''

फ़ैज़ के वालिद के सूफियों से अच्छे ताअल्लुक़ात (सम्बन्ध) थे। वे अपने साथ फ़ैज़ को भी ले जाते। उन्हीं में से एक फ़ैजुलहसन दरवेश थे, जो फ़ैज़ को बहुत पसन्द आये। क्योंकि वह शायर भी थे और रंगीन मिज़ाज भी। एक और गाँव था 'आलू महार'। वहाँ पर एक दरवेश रहते थे। बड़े पीर थे, वहाँ का भी असर लिया। गर्ज़ ये कि फ़ैज़ का मिज़ाज और माहौल हमआहंग होकर एक ज़हन तैयार कर रहे थे, जिसमें तसव्वुफ़ (अध्यात्म) का अच्छा ख़ासा दख़ल था। इस दख़ल में मदरसे के ग़रीब बच्चों और दरवेशों और नाना के किस्सों का बराबर का दख़ल था।

कनाडा के एक इंटरव्यू में फ़ैज़ ने साफ़ कहा— ''मैं अपने आप को अदना तरीके से तसव्वुफ़ का पैरू समझता हूँ। इस मस्लक पर थोड़ा बहुत एख़्तेलाफ़ हो सकता है। हमारी तो सारी की सारी तर्बियत ख़ालिस दीनी माहौल में हुई, और मेरी शायरी का मेरे ज़हनी अक़ायद से कोई तज़ाद नहीं।''

उनका ख़्याल था कि सूफ़ी लोग ही अस्ल कामरेड हैं। ये वह ज़माना था जब मोफक्किरे इस्लाम कहे जाने वाले उर्दू के अज़ीम शायर अल्लामा इक़बाल भी तसव्वुफ़ के हवाले से इशतेराकियत (समाजवाद) को समझने की कोशिश कर रहे थे। 'जोश' इंक़लाब के नारे बुलन्द कर रहे थे और 'हसरत' अपने आपको सूफ़ी मोमिन (आध्यात्मिक मुसलमान) और इशतेराकी आलिम (समाजवादी विद्वान) कहने पर फ़ख्र महसूस कर रहे थे।

एक हक़ीकत और समझते चलिए कि फ़ैज़ के वालिद एक मामूली किसान थे और अकसर जानवरों के चराने का भी काम करते थे फिर तंग आकर वह गाँव से लाहौर भाग गये, जहाँ उन्होंने एक मस्जिद में पनाह ली, और मज़हब के क़रीब आये, तालीम भी हासिल की। अपनी परेशानियों के पेशेनज़र ही वालिद ने फ़ैज़ की तालीम की तरफ़ ख़ुसूसी तवज्जह दी। मुहल्ला की लाइब्रेरी से फ़ैज़ को अफ़सानवी अदब की किताबें मिलती गयीं, और वह कमउम्री में शायरी से ज़्यादा दास्तान और नावेल पढ़ गये। शायद यही वजह है कि शायरी की तरफ़ रुजूअ होने के बाद और रूमानी एहसास से सरशार होने के बावजूद उनकी दिलचस्पी मनाज़िरे फ़ितरत से ज़्यादा इंसानी फ़ितरत में पैदा होती गयी। एक जगह बेहद मानीख़ेज़ बात लिखते हैं— ''हमें इंसानों से जितना लगाव रहा, उतना कुदरत के मनाज़िर और नेचर के हुस्न को देखने और परखने का नहीं रहा। इन्हीं दिनों मैंने महसूस किया कि शहर के जो गली मुहल्ले हैं, उनमें भी अपना एक हुस्न है। जो द्र्या, सहरा और कोहसार या सर्वो समन से कम नहीं।''

उन्हीं बचपन के दिनों में जब वह महज़ नौ या दस साल के थे, यानी 18,19,20 का ज़माना था आलमगीर लड़ाई (विश्वयुद्ध) ख़त्म हो चुकी थी। इसी मुहल्ले के गली कूचों में उनके कानों में आवाज़ें भी पड़ीं—

''रूस में ज़ारशाही का तख़्ता उलट गया।''

''लेनिन ने मज़दूर तबका की हुकूमत क़ायम कर ली।''

''सुर्ख इंक़ेलाब आ गया।''

''ये रूसी इंक़ेलाब कैसे हुआ।''

''ये लेनिन कौन है?''

ठीक इन्हीं दिनों जलियाँवाला बाग़ का अलमनाक वाक़िआ हुआ, अँग्रेज हाकिमों के जरिये बेकसूर हिन्दोस्तानियों का कत्ले-आम हुआ, मुल्क भर में उसके ख़िलाफ़ ग़मो ग़ुस्सा की लहर दौड़ गयी। अँग्रेजों के ख़िलाफ़ हर तरफ़ बगावत उमड़ पड़ी, सियालकोट में भी एहतेजाजी जलसे हुए, जिनकी गूँज कमउम्र फ़ैज़ के कानों तक पहुँची। चारों तरफ़ नारे गूँज रहे थे, इक़बाल का तराना 'सारे जहाँ से अच्छा' भी दिलों को गर्मा रहा था। मगर फ़ैज़ उस वक़्त सिर्फ़ आठ साल के थे अरबी के साथ-साथ अँग्रेजी पढ़ रहे थे। शायरी कम उर्दू अँग्रेजी के नावेल ज़्यादा पढ़ रहे थे। जिनमें आम इंसानों के प्रति हमदर्दी व हिमायत थी।

वक़्त गुज़रा तो फ़ैज़ आला तालीम (उच्च शिक्षा) के लिए लाहौर आये। यहाँ का माहौल सियालकोट से ख़ासा मुख़तलिफ़ था। कालिज के दिनों में हॉस्टल के कमरे में उनके एक दोस्त ख़ुर्शीद अनवर जो कामरेड थे, ख़ुफ़िया बाग़ी किस्म का लिटरेचर रखते थे, जिसे 'फ़ैज़' बड़े शौक़ से पढ़ते थे। उन सबके ज़रिए और अख़बारात वग़ैरह के ज़रिए नौजवान फ़ैज़ के भगत सिंह, चन्द्रशेखर आजाद, शेर जंग, काकोरी केस, चटगाँव आर्मी केस, मेरठ साज़िशी केस वग़ैरह को सुना और पढ़ा। इबतेदा से ही परवरिश पाता हुआ उनका शायराना ज़हन 'सारे जहाँ से अच्छा हिन्दोस्ताँ हमारा' और 'सर कटाने की तमन्ना अब हमारे दिल में है।' जैसे मिसरे जो नारे बनकर गूँज रहे थे 'फ़ैज़' के दिलो दिमाग़ में अपनी जगह बना रहे थे। बक़ौल 'फ़ैज़'— ''रूस, लेनिन और इंकेलाब की बात इन भूले बिसरे दिनों में पहली बार कान में पड़ी थी।''

दूसरा साबका इश्तेराकी (समाजवादी) व इंक़ेलाबी अदब से उस वक़्त पड़ा जब फ़ैज़ ने अँग्रेजी अदब से एम.ए. किया और अँग्रेजी अदब के साथ-साथ यूरोपीय अदब का मोतालिया भी ज़रूरी था। चुनांचे 'फ़ैज़' ने उन्हीं दिनों गोगोल, पुशकिन, दोस्तोव्सकी, तुर्गनेव, टालस्टाय, चेखव, बारी-बारी सबको बहुत डूब कर पढ़ा और बकौल फ़ैज़... ''पुराने रूस की पूरी दुनिया नज़र में घूम गयी।'' इस पूरी दुनिया में कमज़ोर और बेबस किसान और इंसान भी थे। अय्याश ख़ुद-पसन्द उमरा (अमीर) भी। इंक़ेलाबी जवान तो अफ़ीमची दानिशवर भी। बेनूर लकड़ी के घर तो जगमगाते हुए महल्लात भी। ज़ुल्म और उसका तोड़, जब्र और जज़्बाए बग़ावत। मुआशरे की मुख़्तलिफ़ क़ुव्वतों में कशमकश (संघर्ष) और पैकार का आलम। एक पुरअसरार (रहस्यपूर्ण) ज़मीन। ये सारी वाक़फ़ियत दौराने तालीम ही हुई।

मक़ामी हंगामों और नारों के तवस्सुत से इंक़ेलाबे रूस की परतें और दिशाएँ खुलती जा रही थीं ठीक उसी दौर में जब फ़ैज़ अपनी तालीम मुकम्मल करके रोज़गार की तलाश में लगे तो उन्हें अन्दाज़ा हुआ कि ये आलमी कसाद बज़ारी (व्यापार मंदता) और इक़तेसादी

बुहरान (आर्थिक मन्दी) का ज़माना है। लामतनाही (अपार) बेरोज़गारी, किसानों और मज़दूरों की भुखमरी और बेबसी। बहू बेटी की अस्मतदरी (बलात्कार)। इन सबने भी फ़ैज़ की सोच को हवा दी, और सोशलिज़्म की तरफ़ मायल किया। उसी ज़माने में जब फ़ैज़ को अमृतसर के एक कालेज में मुलाज़मत मिली तो कालेज के एक रफ़ीक़ और डॉक्टर रशीद जहाँ के शौहर 'महमूदुज़्ज़फर' ने फ़ैज़ को एक पतली सी किताब पढ़ने को दी। ये किताब कम्युनिस्ट मेनीफेस्टो थी जो उन दिनों ममनूअ (निषिद्ध) थी, ख़ुफ़िया तौर पर पढ़ी जाती थी, चुनांचे फ़ैज़ जो उस वक़्त तक शायरी शुरू कर चुके थे और रिवायती इश्किया ग़ज़लें कह रहे थे और एक हल्के-फुल्के इश्क में भी मुबतिला थे, उस जज़्बाती कैफ़ियत और रूमानी उम्र में फ़ैज़ ने जब यह किताबें पढ़ी तो बकौल फ़ैज़— ''मैंने एक ही नशिस्त (बैठक) में यह किताब पढ़ डाली बल्कि दो-तीन बार पढ़ी, इंसान और फ़ितरत, फ़र्द और मुआशरा। मुआशरा और तबक़ात। तबक़े और ज़राए पैदावार और पैदावारी रिश्ते और मुआशरे का इरतेक़ाअ, इंसानों की दुनिया, पेच दर पेच और तह दर तह रिश्ते नाते, क़द्रें अक़ीदे, फ़िक्रो अमल वग़ैरह वग़ैरह के बारे में यूँ महसूस हुआ कि किसी ने इस पूरे ख़ज़ीना-ए-असरार (छुपा हुआ ख़ज़ाना) की कुंजी थमा दी है। यूँ सोशलिज़्म और मार्क्सिज़्म से अपनी दिलचस्पी की इब्तेदा हुई।''

इसके बाद 'फ़ैज़' ने लेनिन की किताबें पढ़ीं, और अक्टूबर इंक़ेलाब के बारे में भी जाना, और अचानक सूफ़ी और आशिक़ फ़ैज़... इश्तेराकी 'फ़ैज़' हो गये। और इस नौअ की शायरी करने वाले फ़ैज़...

*रसीले होंठ मासूमाना पेशानी हसीं आँखें।*
*कि मैं इक बार फिर रंगीनियों में ग़र्क़ हो जाऊँ।*
*मेरी हस्ती को तेरी इक नज़र आग़ोश में ले ले।*
*हमेशा के लिए इस दाम में महफ़ूज़ हो जाऊँ।*

इस मिज़ाज की नज़्म कह उठे...

*मुझ से पहली सी मुहब्बत मेरे महबूब न माँग...*

'नक़्शे फ़रियादी' जो फ़ैज़ का पहला शेअरी मजमुआ वाजह तौर पर दो हिस्सों में तक़सीम नज़र आता है। फ़ैज़ ने इसे हिस्सा अव्वल और दोयम में तक़सीम किया है और इस जिम्न (सम्बन्ध) में बाद में एक मज़मून भी लिखा, जिसका उन्वान है नक़्शे फरियादी की तखलीक के दो अद्वार जिसकी इब्तेदा ही इन जुमलों से होती है— ''मैं समझता हूँ कि 20 ई. से लेकर 30 ई. तक और 30 ई. से लेकर 40 ई. तक के ये जो दो दौर हैं या दस बरस का अर्सा है, एक दूसरे से कतई मुख़तलिफ़ है। हर लिहाज से मुख़तलिफ़। अदबी ऐतेबार से, जज़्बाती ऐतेबार से, सियासी ऐतेबार से और लोगों के जहनी मिज़ाज के ऐतेबार से, चुनाँचा नक्शे फरियादी के पहले हिस्से की जो नज़्मे हैं वह 28 ई. से 34 ई. तक यानी हमारी तालिब इल्मी के ज़माने में लिखी गयी थीं। इनमें से बेशतर पर पहले दौर का असर है। और 35 ई. के बाद की नज़्में जबकि हमने मुदर्रसी शुरू की थी, और जो बेशतर अमृतसर में लिखी गयी थीं दूसरे दौर से

सम्बन्धित हैं।''

पहले हिस्से में अगर इस मिज़ाज की ग़ज़लें हैं—

*हर हकीकत मजाज़ हो जाए*
*क़ाफ़िरों की नमाज़ हो जाए*
*दिल रहीने नमाज़ हो जाए*
*बेकसी कारसाज़ हो जाए*

*हिम्मत ऐसी नहीं बाकी।*
*ज़ब्त का हौसला नहीं बाकी।*
*इक तेरी दीद छिन गयी मुझसे।*
*वर्ना दुनिया में क्या नहीं बाकी।*

*चशमे मैगूं ज़रा इधर कर दे*
*दस्ते क़ुदरत को बेअसर कर दे*
*तेज़ है आज दर्दे दिल साक़ी*
*तल्ख़िए मै को तेज़तर कर दे।*

अब ज़रा दूसरे हिस्से की पहली ग़ज़ल के ये अशआर देखिये—

*दोनों जहान तेरी मोहब्बत में हार के*
*वह जा रहा है, कोई शबेग़म गुज़ार के*
*दुनिया ने तेरी याद से बेगाना कर दिया*
*तुझसे भी दिलफ़रेब हैं ग़म रोज़गार के।*

और एक नज्म 'सोच' के ये बन्द देखिये—

*मेरा दिल ग़मगीं है तो क्या*
*ग़मगीं ये दुनिया है सारी*
*ये दुख तेरा है न मेरा*
*हम सब की जागीर है प्यारी*

*तू गर मेरी भी हो जाय*
*दुनिया के गम यूँही रहेंगे*
*पाप के फन्दे जुल्म के बन्धन*
*अपने कहे से छुट न सकेंगे*

*क्यों न जहाँ का ग़म अपना लें*
*बाद में सब तदबीरें सोचें*

*बाद में सुख के सपने देखें*
*सपनों की ताबीरें सोचें।*

इसके अलावा 'चन्द रोज़ और मेरी जान', 'कुत्ते', 'बोल', ''मौजू-ए-सुख़न' वगैरह नज़्मों का मौजू, तेवर और आहंग, इशतेराकी व इंक़ेलाबी रंगो आहंग में डूब जाता है। लेकिन ये नारा जख़्मी वाला आहंग न था बल्कि इसमें एक ऐसी इंसानी दर्दमन्दी और सोजिश थी जो उन्हें तसव्वुफ़ से हासिल हुई थी।

इस दरम्यान अगर एक तरफ़ फ़ैज़ फ़ज़ले इलाही, क़ुर्बान और दादा फ़िरोजुद्दीन जैसे बुजुर्ग इंक़ेलाबियों के क़रीब आये और उनके साथ जेल में भी वक़्त गुज़ारा तो दूसरी तरफ़ चन्द तरक़्क़ी पसन्द नौजवान जो यूरोप से आला तालीम हासिल करके और मार्क्सिज़्म का गहरा मुतालिया करने के बाद हिन्दोस्तान में इशतेराकी नज़रिया (समाजवादी विचारधारा) की तब्लीग और तरक्कीपसन्दी की तहरीक में मसरूफ़ हो गये। उनमें सज्जाद ज़हीर, ज़ेड अहमद, मुल्क राज आनन्द वगैरह साथ थे। फ़ैज़ उन सब के क़रीब आये और फिर आते ही चले गये। उन सबके ज़रिए फ़ैज़ को इशतेराकी लिटरेचर ज़्यादा से ज़्यादा पढ़ने को मिला। ख़ुद फ़ैज़ लिखते हैं— ''ये सब कुछ पढ़ कर, सुनकर हमने इस दूसरी तसवीर में रंग भरने शुरू किये। गैर तबकाती मुआशरे की तसवीर, जहाँ कोई सर्मायादार नहीं। कोई जागीरदार नहीं, और ज़मींदार नहीं, न कोई आक़ा है न कोई बन्दा, न कोई तलाशे मआश में सरगर्दा है न फिक्रे फ़र्दा में गिरफ़्तार। जहाँ मजदूर किसान राज करते हैं, और हर मामला उनकी मर्जी से तय पाता है।''

फ़ैज़ ने न सिर्फ़ शायरी का रुख़ बदला। इल्म के साथ अमल का दामन भी पकड़ा। अंजुमन तरक्कीपसन्द मोसन्नेफ़ीन (प्रगतिशील लेखक संघ) की पहली तारीख़ कांफ्रेंस में शरीक हुए और पंजाब की अंजुमन के जनरल सिक्रेटरी भी हुए और अख़बारात में लिखने लगे। दीगर मजदूरों की अंजुमनों से भी वाबस्तगी हुई।

1939 ई. में फ़ैज़ ने मजीद आला तालीम के लिए कैम्ब्रिज यूनिवर्सिटी में दाख़िला लेना चाहा लेकिन दूसरी जंगे अज़ीम (द्वितीय विश्व युद्ध) ने मसअले पैदा कर दिये। अँग्रेजी हुकूमत ने इंकेलाबियों पर गमो ग़ुस्सा दिखाना शुरू किया। इधर काँग्रेस ने भी हिन्दोस्तान छोड़ दो की तहरीक शुरू कर दी, 'महो साल आशनाई' में फ़ैज़ लिखते हैं—

''ये काफ़ी हंगामा आरा दिन थे। मैंने अमृतसर को ख़ैराबाद कहकर लाहौर के एक कालिज में मोलाज़मत कर ली थी। इन दिनों हम जैसे लोगों को जो गुज़श्ता कई बरस से हिटलरिज़्म और फासिज़्म के ख़िलाफ़ लिखने लिखाने में भी मसरूफ़ थे और अँग्रेजी साम्राज्य के ख़िलाफ़ अमली तौर पर मसरूफ़कार भी।''

इस तसवीर को 'फ़ैज़' ने और क़रीब से देखा और समझा और फ़ौज़ में मोलाज़मत कर ली, और वहाँ भी पढ़ने लिखने का काम सँभालते रहे। उन्हीं दिनों शायरों, अदीबों और दानिशवरों से मुलाकातें हुई और उनके अदब को पढ़ने के मवाके हस्तेयाब हुए। फ़ैज़ लिखते हैं—

''उन्हीं दिनों एलियाहिरन बर्ग ने अपनी किसी नूर ने लिखा था जो अब तक मेरे दिल पर

कुन्दह है, वह कुछ यूँ था कि मियाँ बीवी आपस में नाते तोड़ सकते हैं, मोहब्बतें छूट सकती हैं और आशिक महबूब जुदा हो सकते हैं— लेकिन एक रिश्ता जो किसी सूरत नहीं टूट सकता माँ बेटे का रिश्ता है, और हमारा वतन हमारी माँ है।''

दूसरी जंगे अज़ीम में फासिस्टों की शिकस्त हुई, इत्तेहादियों की फ़तह, तो फ़ैज़ ने लिखा— ''जंग की ये तसवीर बयेक वक़्त भयानक भी थी और वलवला अंगेज़ भी, उसके बाद जब फासिस्ट तूफान चढ़ कर उतर गया... इत्तेहादियों की फ़तह हो गयी और बर्लिन पर सुर्ख झंडा लहराने लगा, तो इसी तसवीर के बहुत से नुकूश दिलों पर सब्त हो गये।''

फिर कुछ राहें हमवार हुई। रास्ते खुले। अंजुमन सरगर्म हुई मोशायरे आम हुए और खुलेआम तरक्कीपसन्द गीत गाये जाने लगे। ये थीं वे बुनियादें जिनपर फ़ैज़ का इशतेराकी नज़रिया (मार्क्सी विचार) और उनकी इंसानी व इंकेलाबी शायरी की इमारत तासीर हुई।

ये सिलसिला यहीं पर रुक नहीं गया। हिन्दुस्तान आज़ाद हुआ और तकसीम (विभाजित) भी हो गया। रावलपिंडी साज़िश केस, जेल रूस का सफर, रूसी व मार्क्सी अदीबों से मुलाकातें, दुनिया के दूसरे तरक़्क़ीपसन्द अदीबों (प्रगतिशील लेखकों) से मुलाकातें और तबादला-ए-ख़्याल, नज़रियात में पुख़्तगी और बालीदगी (विकास), मसलन 1957 में जब नाज़िम हिकमत से मुलाकात हुई तो वह दोस्ती में बदल गयी। नाज़िम हिकमत वे शायर थे जो अनातोलिया में जंगे हुर्रियत में शिरकत कर चुके थे, इसके बाद अवाम के लिए तहरीरी जद्दोजहद (संघर्ष) में पूरी ज़िन्दगी गुज़ारी। फ़ैज़, सरदार, वग़ैरह पर उनका गहरा असर था। शेरो शायरी के हवाले से फ़ैज़ और नाज़िम हिकमत के दरम्यान गुफ़्तगू का सिलसिला काफ़ी तवील है। इस गुफ़्तगू और सोहबतों से मोतस्सिर होकर फ़ैज़ ने इसी अन्दाज़ो असलूब (शैली) में बाअज़ नज़्में मास्को में कहीं और नाज़िम की नज़्मों के तरजुमे भी किये।

एलिया अहिरन बर्ग से भी फ़ैज़ की मुलाकातें लेनिनग्राद शहर में हुई। ये शहर पुश्किन का तो है ही। यहीं पर अक्टूबर इंक़ेलाब की तोप दागी गयी थी और यहीं पर लेनिन ने इंक़ेलाबी हुकूमत क़ायम की थी और भी बहुत कुछ है, जिसे फ़ैज़ ने बहुत क़रीब से देखा। इसी शहर में फ़ैज़ की मुलाक़ात एलिया अहिरन बर्ग से हुई। रूस के जदीद (आधुनिक साहित्य) अदब पर बातें हुईं और फ़ैज़ के ज़हन में बर्ग का ये फ़िकरा जज़्ब हो गया— ''हमने वह ज़ात पैदा की, जो आप हज़ार साल में नहीं कर सकते। हमने बड़ा पढ़ने वाला पैदा किया। ग्रेट रीडर जो आपके मुआशरे में न अब है और न इस मौजूदा सूरत में होगा।''

और फिर बर्ग ने यह भी कहा कि कारी (पाठक) वही अदब पढ़ता है जो उसके मेयार को पहुँचे। बर्ग का ये कौल तो तरक़्क़ीपसन्द अवामी शायरों के कौले जर्रीं बन कर हिफ़्ज़ हो गया कि एक अदीब के लिए यह ज़रूरी नहीं की वह ऐसे अदब की तख़्लीक करे जो मुस्तक़बिल (भविष्य) की सदियों के लिए हो। इसे ऐसे अदब की तख़्लीक पर भी कुदरत रखना चाहिए, जो सिर्फ़ एक लम्हे के लिए हो अगर इस लम्हे में इस कौम की किस्मत का फ़ैसला होने वाला है। लेकिन आजमी ने आख़िर शब की इब्तेदा इन्हीं जुमलों से की है।

रूस के इसी सफ़र में फ़ैज़ ने 'सार्त्र' से भी मुलाकात की। यूँ तो सार्त्र फलसफ़ा-ए-वजूदियत (अस्तित्ववादी जीवन दर्शन) के लिए भी मशहूर था जिसके चर्चे बहुत होते हैं, लेकिन दूसरी जंग-ए-अज़ीम के बाद... वियतनाम और अलज़जाएर की जंगे आज़ादी ने उसके नज़रियात बहुत हद तक बदल डाले, जिसके चर्चे कम होते हैं। फ़ैज़ ने सार्त्र से मुख़्तलिफ़ किस्म के सवालात किये, एक सवाल यह भी था कि आपके नज़रिया-ए-अदब में आशिकाना या ग़िनाइया (समृद्ध) अदब का भी कोई मक़ाम है तो जवाब में सार्त्र ने कहा, "है क्यों नहीं, वह तो हर दिल का एक फ़ितरी तक़ाज़ा है। जिसकी तसकीन लाज़िम है। लेकिन वह तो एक पगडंडी है, शाहेराह नहीं है। अदब की शाहेराह (मुख्य मार्ग) को जो किसी दौर में इसे एक मंज़िल से अगली मंज़िल तक ले जाती है, इस दौर की ज़हनी, फ़िक्र की जज़्बाती और एख़्लाकी उफ़क पर पूरी तरह मोहीत (व्याप्त) होना चाहिए, वर्ना बात आगे नहीं बढ़ेगी, क़बायली दौर के शायर को अपने क़बीले के अफ़साना और असातीर और क़बीले पर बीते हुए वाक़िआत और तजर्बात के अलावा और कुछ जानने की ज़रूरत न थी; इस अहद का तक़ाज़ा ही इतना था। लेकिन आज कल का अदीब अगर इंसानी मुआशरे की तारीख़ और मआशियात (अर्थशास्त्र) की जदल्लियात (शत्रुता) से बेबहरा (अनभिज्ञ) है तो हमअसर हकाएक के बारे में उसका जज़्बाती और जिबिल्ली (प्राकृतिक) रद्दे अमल कितना भी सही हो इसे बाहर की दुनिया तो क्या अपने अन्दर की दुनिया के खोटे खरे का भी पूरा अन्दाज़ा न हो सकेगा, और असमंजस और बेयक़ीनी उसकी तहरीर में मिलेगी।"

रूस के इसी सफ़र में सुलैमानून, आत्मातूँ वगैरह से भी मुलाकातें हुईं। ग़रज यह कि उम्र और खल्क के इसी तवील सफर में फिक्रो नज़र ने करवटें लीं और फ़ैज़ का तखलीक़ी सफर जो 'नक़्शे फरियादी' से लेकर 'ग़ुबारे अय्याम' तक फैला हुआ है, तरह-तरह के इल्मी फ़िक्री तजर्बात से मामूर (परिपूर्ण) है, इन चार मिसरों से शुरू होने वाला सफर—

*रात यूँ दिल में तेरी खोई हुई याद आई*
*जैसे वीराने में चुपके से बाहर आ जाये*
*जैसे सहराओं में हौले से चले बादे नसीम*
*जैसे बीमार को बेवजह करार आ जाए।*

नवम्बर 84 ई. की इस ग़ज़ल पर ख़त्म होता है—

*बहुत मिला न मिला ज़िन्दगी से ग़म क्या है।*
*मताए दर्द बहम है तो बेश-ओ-कम क्या है।*
*करे न जग में अलाओ तो शेर किस मसरफ़*
*करे न शहर में जल थल तो चश्मे नम क्या है।*
*सजाओ नरम ग़ज़ल, गाओ, जाम ताज़ाह करो।*
*बहुत सही ग़मे गीती शराबे कम क्या है।*

दरम्यान में इस नौअ की शायरी भी है—

*आज बाज़ार में पा बा जौलाँ चलो।*

*सलीब-ओ-दार सजाओ कि जश्न का दिन है।*
*हुई फिर इम्तेहाने इश्क की तद्‌बीर बिस्मिल्लाह*
*आ जाओ अफ्रिका।*
*आओ बबर की चाल, आ जाओ अफ्रिका*
*आज और आज के ग़म के नाम।*
*क्लर्कों की अफ़सुर्दा जानों के नाम।*

जहाँ एक तरफ़ 'दस्ते सबा' के दीबाचे में फ़ैज़ ने ये कहा कि– ''शायर का काम महज़ मुशाहिदा ही नहीं मुजाहेदा भी उस पर फ़र्ज़ है। गर्द-ओ-पेश के मुज़तरिब (व्याकुल) क़तरों में ज़िन्दगी के दजला का मुशाहेदा उसकी बीनाई पर है उसे दूसरों को दिखाना उसकी फन्नी। (कलात्मक) दस्तरस पर, उसके बहाव में दख़लअन्दाज होना उसके शौक की सलाबत (कठोरता) और लहू की हरारत पर।''

तो दूसरी तरफ़ ये भी कहा– ''एक शायर का काम इस से नहीं जाँचा जाना चाहिए कि उसके अशार की तादाद क्या है। बल्कि इस अम्र से कि उसे अपने लिखने से कितना खतो सुरूर हासिल हुआ, हम किसी शायर से यह नहीं कह सकते कि इस मौजू या इस ख़्याल या इस नमूने पर शेर लिख दो। इसे तो हज़ार तरह छोटे-मोटे रेज़ह रेज़ह मज़ामीन ख़्यालात और वाक़ेआत में से अपना इन्तेख़ाब ख़ुद करना होता है। और उसे हक़ है कि जो उसे दिलपसन्द हो उसी के गुण गाता रहे।... मुझे इससे इत्तेफ़ाक़ है कि ज़िन्दगी या हक़ीकत को सदाक़त और सही तौर पर पेश करना चाहिए, लेकिन किस पैराये में, किस सूरत में या किस अन्दाज में उसका फ़ैसला अदीब के अपने इख़्तेयार में होना चाहिए, वह फोटोग्राफर नहीं है मोसव्विर (चित्रकार) है।''

फ़ैज़ का सर्माया-ए-फ़िक्र अगर सूफीज़्म से शुरू होकर मार्क्सिज़्म पर ख़त्म होता है, तो सर्माया-ए-शेरी उन्हीं दोनों ख़्यालात के दर्मेयान डोलता नज़र आता है। जहाँ फ़िक्रो नज़र, उसलूबो आहंग (भाषा शैली) का एक राय मोफ़क्केराना व फ़नकाराना (चिन्तनशील कलात्मक सम्मिश्रण) इम्तेज़ाज-ओ-इंजेज़ाब नज़र आता है,जो फ़ैज़ की अपनी मुन्फ़रिद शिनाख़्त, क़ायम करता है। नीज़, फ़ैज़ का अपना सलीका, रवैया, तहजीबे नफ़स और तहज़ीबे अदब एक मख़्सूस वकारो ऐतबार क़ायम करता है। जहाँ एक तरफ़ रेजाइयत (आशावाद) है, तो दूसरी तरफ़ ग़ेनाइयत (समृद्धता)। इन दोनों के बीच है इंसानियत और इशतेराकियत (समाजवाद)।

इस तरह उन्होंने सूफीइज़्म से मार्क्सिज़्म का सफर कामयाबी से तय किया और एक ग़ैर मामूली शायरी और दानिशवरी के द्वारा उम्दा व अज़ीम शायरी के लाज़वाल (अमर) नुकूश सब्त किये (निशान छोड़े) और तरक़्क़ीपसन्द शायरी की तारीख़ तो बने ही तहज़ीब भी बन गये। इश्तेराकी (साम्यवादी) और जमालियाती (सौन्दर्यात्मक) तहज़ीब-ओ-तहरीम (सांस्कृतिक सम्मान), तभी तो मजरूह सुल्तानपुरी ने कह दिया– ''फ़ैज़ अहमद फ़ैज़ तरक्कीपसन्दों के 'मीर तक़ी मीर' थे।''

# व्याख्यान

# मुद्दत हुई है यार को मेहमाँ किये हुए

## फ़ैज़ अहमद फ़ैज़

*पाकिस्तान नेशनल सेंटर, इस्लामाबाद ने 'इदारए-यादगारे-ग़ालिब' के साथ मिलकर 20 जुलाई, 1973 को इस्लामाबाद में 'महफ़िले-ग़ालिब' का आयोजन किया था। इस महफ़िल में इदारे के जनरल सेक्रेटरी ने अपनी संस्था और 'ग़ालिब-लाइब्रेरी' की सरगर्मियों का हाल सुनाया। फ़ैज़ अहमद फ़ैज़ ने, जो इदारे के संस्थापक और अध्यक्ष होने के अलावा उपर्युक्त 'महफ़िल' के भी सभापति थे, ग़ालिब की मशहूर ग़ज़ल 'मेहमाँ किये हुए— बज़्म चराग़ाँ किये हुए' पर भाषण दिया। उस भाषण का टेप 'ग़ालिब लाइब्रेरी' के 'फ़ैज़ कक्ष' में सुरक्षित कर लिया गया है।*

**अगर मुझे पहले से मालूम** होता कि आज के इस आयोजन में मेरी और मिर्ज़ा ज़फ़रुलहसन की शिरकत महज़ अपनी गरज़ और मतलब के लिए है तो मैं आयोजकों से कहता कि वह कुछ प्रबन्ध करें ताकि यह मालूम न हो कि हम दोनों सिर्फ़ ग़ालिब लायब्रेरी के लिए आपसे किताबें माँगने के लिए यहाँ आये हैं।

ग़ालिब के काव्य, व्यक्तित्व और चिन्तन के बहुत-से पहलुओं पर इस क़दर तफ़सील से और इतना कुछ लिखा जा चुका है कि उस पर इज़ाफ़ा शायद अब मुमकिन न हो।

ग़ज़ल पर आम एतिराज यह है कि इसमें भावभूमि की एकता यानी यूनिटी का कोई तत्त्व नहीं पाया जाता। बल्कि यह विभिन्न विचारों और भावनाओं को महज़ छन्द और तुक (रदीफ़ क़ाफ़िये) की रस्सी में टाँकने का नाम है; और उसमें किसी क़िस्म का सिलसिला या रब्त (सम्बन्ध) नहीं होता। मैं समझता हूँ कि इस तरह इसको समझना ठीक नहीं है। दूसरे या तीसरे दर्जे के ग़ज़लिया कलाम के बारे में तो यह बात कही जा सकती है, इसलिए

कि उस तरह के शाइर तो महज़ क़ाफ़ियाबन्दी (तुकबन्दी) करते हैं, लेकिन जो अच्छा और संजीदा (गम्भीर, मार्मिक) ग़ज़लिया कलाम है उसके बारे में यह एतिराज़ शायद सही न हो; और ग़ालिब के बारे में यक़ीनन सही नहीं है। ग़ालिब तो क़ाफ़ियाबन्द नहीं थे। चुनांचे वह ख़ुद कहते हैं :

*ग़ालिब न बूद शैवए-मन क़ाफ़ियाबन्दी*
*ज़ुल्मीस्त कि बर-किल्क्-ओ-वरक़ मी कुनम इमशब*

वह तो किल्क-ओ-वरक़ (क़लम और काग़ज़) पर यह ज़ुल्म करते थे। ज़ाहिर है कि महज़ विभिन्न विषयों को एक जगह पर ला रखना ग़ालिब को अच्छा न लगा होगा। इतना ज़रूर है कि ग़ज़ल में जिस क़िस्म की इकाई पायी जाती है, वह विषयवस्तु या भावनाओं की इकाई नहीं होती बल्कि उस चीज़ की इकाई होती है जिसको आप मूड कह लें या एक कैफ़ियत (भावधारा) कह लें।

अगर आप ग़ालिब के कलाम पर नज़र डालें तो उनके पुख़्ता ज़माने के कलाम में देखेंगे कि हर ग़ज़ल क़रीब-क़रीब एक ही मूड की है, या एक ही कैफ़ियत लिए हुए है। न सिर्फ़ यह, बल्कि उस मूड की भी जो अलग-अलग कैफ़ियतें हैं उनमें भी एक तरतीब पायी जाती है। और उसी की एक मिसाल मैं इस वक़्त पेश करनेवाला हूँ। लेकिन ज़ाहिर है कि इकाई का यह तत्त्व साफ़ खुला और उभरा हुआ नहीं है। बल्कि ग़ज़ल का यह सिलसिला आन्तरिक होता है और जो महज़ महसूस किया जा सकता है। ज़ाहिरी तौर से इसकी दो सूरतें हैं : एक तो छन्द का चुनाव, दूसरे 'ज़मीन' यानी क़ाफ़िया-रदीफ़ (तुक-योजना) का चुनाव। यह बिल्कुल सीधी और साफ़ बात है कि आप कोई बहुत उदास मज़मून किसी चलती हुई धुन में नहीं गा सकते। उसमें वह आहंग (नाद) पैदा न होगा जो उद्दिष्ट है। छन्द का चुनाव अपनी जगह पर यह तय कर देता है कि उस ग़ज़ल का मूड क्या है। या ग़ज़ल की कैफ़ियत (भावधारा) इस चीज़ का फ़ैसला करती है कि उसके लिए कौन-सा छन्द मौज़ूँ है। दूसरे यह कि जो 'ज़मीन' (या क़ाफ़िया-रदीफ़ : तुक-योजना) और ख़ास तौर से 'रदीफ़' चुनी जाती है, उससे भी एक ख़ास लगाव होता है उस भावना या कैफ़ियत का, जिसका आधार पाकर वह ग़ज़ल मन में गूँजी है और लिखी गयी है।

जिस ग़ज़ल का मैं आपसे ज़िक्र करना चाहता हूँ वह सम्भवत: ग़ालिब की सबसे लम्बी और उनकी कल्पनायोजना और तकनीक की सबसे नुमाइन्दा (प्रतिनिधि) ग़ज़ल है। सत्रह शे'रों की यह मशहूर ग़ज़ल आपको ज़रूर याद होगी :

*मुद्दत हुई है यार को मेहमाँ किये हुए*
*जोशे-क़दह से बज़्म चराग़ाँ किये हुए*

इस ग़ज़ल में शुरू से आख़िर तक एक बुनियादी मज़मून और एक बुनियादी कैफ़ियत है बल्कि यह बिलकुल एक राग या म्यूज़िकल कॉम्पोजिशन या एक फ़िल्म की तरह है। इसके विभिन्न टुकड़े और सीक्वेंस (क्रम के योजन) हैं, जिनकी अपनी जगह अलग-अलग एक तरतीब भी है और अपनी-अपनी जगह उनका एक अलग वैशिष्ट्य भी है।

मैंने इस पूरी ग़ज़ल का इस तरह विभाजन किया है। पहले तो इसका मतला (ग़ज़ल का पहला शेर) है। इसे आप संगीत की परिभाषा में यों कह लें कि मतले से खरज का सुर क़ायम किया गया है, या इससे भूमिका बाँधी है उस सारी कैफ़ियत की, जो कि बाद में हुई है। या इसको 'बुनियादी विषय' कह लीजिए:

*मुद्दत हुई है यार को मेहमाँ किये हुए*
*जोशे-क़दह से बज़्म चराग़ाँ किये हुए*

इस शे'र में सोचने की बात यह है कि... मुद्दत हुई है यार से मिले हुए, या यार से एकान्त में मुलाक़ात किये हुए। नहीं— बल्कि यार को मेहमान किये हुए मुद्दत गुज़र चुकी है। 'मेहमान' का जो लफ़्ज़ इस्तेमाल किया गया है, उसके दो पहलू ग़ौर-तलब हैं। एक तो यह कि किसी अजनबी को या किसी ऐसे शख़्स को मेहमान नहीं रखा जाता जिससे कभी-कभार मुलाक़ात हुई हो। मेहमान तो उसी को रखा जाता है जिससे काफ़ी मेल हो, जिससे एक पुराना राबिता हो; जिससे बेतकल्लुफ़ी का एक रिश्ता हो। चुनांचे ग़ालिब महबूब से एकान्त मिलन या प्रेममिलन के प्रसंग (विसाल) का ज़िक्र नहीं कर रहे हैं। बल्कि, एक तो वह एक शख़्स का ज़िक्र कर रहे हैं जिससे हृदय का पुराना लगाव है; बेतकल्लुफ़ी है; आना-जाना है: और जिससे महज़ मुलाक़ात नहीं बल्कि जिसकी मेहमानी उद्दिष्ट है। मेहमानदारी का अपना एक लुत्फ़ है जो कि मुलाक़ात के लुत्फ़ को दोबाला करता है। दूसरा पहलू जिसकी तरफ़ मैं आपका ध्यान खींचना चाहता हूँ, यह है कि यार या महबूब की यह मेहमानदारी एकान्त में नहीं है, बल्कि 'जोशे-क़दह' (पियालों की मादकता के जोश) से महफ़िल को 'चराग़ाँ' किये हुए है (दिवाली की-सी जगमग पैदा किये हुए है)। बात यह नहीं कि कोई अकेला मिलने के लिए आया हुआ है; बल्कि, महफ़िल है, बज़्म है, और ग़ालिब जिस चीज़ को याद कर रहे हैं वह विसाले-यार नहीं, बल्कि महफ़िले-याराँ है। उन्हें महबूब के बिछुड़ने का नहीं बल्कि महफ़िल के उजड़ने का दुख है। जिस बात के लिए ग़ालिब उदास हैं और जिसे वह याद कर रहे हैं वह एक ज़ाती मुलाक़ात या किसी से उनके ज़ाती तअल्लुक़ का जिक्र नहीं है,बल्कि वह तो एक पूरे जीवन जीने के ढंग और उठने-बैठने, मिलने-जुलने के अन्दाज़ और पूरी जीवन-व्यवस्था का रोना है, जिसको वह इस ग़ज़ल के बाद के शे'रों में बयान करते हैं। यह ग़ालिब की ज़ाती कैफ़ियत नहीं थी— यह उस युग के समाज की सामूहिक भावना थी।

ग़ालिब एक ख़ास जीवन-व्यवस्था और जीने के तौर-तरीक़े से वाक़िफ़ थे। अँग्रेजों के आने और मुल्क के ग़ुलामी में चले जाने की वजह से वह पुरानी व्यवस्था, वे पुराने तौर-तरीक़े, वे पुराने आदाबे-महफ़िल रुख़सत हो चुके थे, और उनकी जगह कोई नयी व्यवस्था या जीवन के नये आचार-व्यवहार समाज में नहीं आये थे। चुनांचे उन्नीसवीं सदी में सन् 1857 के हंगामों से पहले और उन हंगामों के बाद का जो ज़माना है, और उस ज़माने के लोगों की जो सामाजिक, बौद्धिक और भावनात्मक कैफ़ियत है, उसे एक तरीक़े से ग़ालिब ने शे'र में बयान किया है— कि, मुद्दत से न वो महफ़िलें रहीं, न वो आदाब (शिष्टाचार)

बाक़ी हैं और न वो यार-दोस्त बचे हैं, जिनकी वजह से हमारी ज़िन्दगी में हरियाली थी और उमंग और आनन्द के सामान।

'बज़्म चराग़ाँ किये हुए' वाली भूमिका के बाद 'करता हूँ जम्अ फिर जिगरे-लख़्त-लख़्त को' से पहला सीक्वेंस (एक के बाद एक परस्पर-सम्बद्ध रूप से आनेवाले पद-समूह) शुरू होता है। यानी 'मतले' के बाद के सात शे'रों का एक सीक्वेंस, उसके बाद दूसरा सीक्वेंस या टुकड़ा है छह शे'रों का; जो 'फिर शौक़ कर रहा है ख़रीदार की तलब' से शुरू होकर 'इक नौबहारे-नाज़...' वाले शे'र तक गया है। इसके बाद ग़ज़ल के आख़िरी तीन शे'र हैं, जो गोया पूरी ग़ज़ल का समापन प्रस्तुत करते हैं।

अभी मैं अर्ज़ कर चुका हूँ कि महफ़िल के बरहम हो जाने (उखड़ जाने) की वजह से ग़ालिब ग़मगीन हैं, उदास हैं। क्योंकि इन ही से ग़ालिब की ज़िन्दगी में रौनक़ थी। पहला सीक्वेंस 'करता हूँ जम्अ फिर जिगरे-लख़्त-लख़्त को' वाले शे'र से शुरू होकर 'पिन्दार का सनमकदा वीराँ किये हुए' वाले शे'र पर ख़त्म होता है।

*करता हूँ जम्अ फिर जिगरे-लख़्त-लख़्त को*
*अर्सा हुआ है दावते-मिज़गाँ किये हुए*

जब वह बिखरी हुई महफ़िल ग़ालिब को याद आती है तो उनका जी चाहता है कि वह कैफ़ियत जो कि महफिल के ज़माने में उनके दिलो-दिमाग़ पर छायी हुई थी और वह पुराना मूड और भावना का संसार फिर किसी तरीके से दुबारा ज़िन्दा किया जाए, ताकि उसके अपने-आप पर दुबारा छा जाने से शायद वह पुरानी महफ़िल किसी तरह वापस आ जाये।

इस सीक्वेंस के बाक़ी शे'र इसी मज़मून पर हैं, कि वह शौक़, वह हसरत, वह तलब और वह हवस जो पुरानी महफ़िल के अंग और अंश थे उन्हें अपने-आप पर दुबारा एक फ़ज़ा बनकर छाने दिये जाये। चुनांचे :

*करता हूँ जम्अ फिर जिगरे-लख़्त-लख़्त को*
*अर्सा हुआ है दावते-मिज़गाँ किये हुए*

अलग-अलग टुकड़ा तो कोई चीज़ महसूस नहीं करता, इसलिए पहले तो जिगर के उन अलग-अलग टुकड़ों को इकट्ठा करें, ताकि उसमें दर्द की कोई टीस उठे और उसकी वजह से आँखें नम हों और जब आँखें नम हों तो फिर वह महफ़िल कम-अज़-कम याद ही में ताज़ा हो जाये। इसके बाद का शे'र :

*फिर वज़ए-एहतियात से रुकने लगा है दम*
*बरसों हुए हैं चाक गिरेबाँ किये हुए*

कहते हैं : एक ज़माने से सब्र और एहतियात का दामन हमने पकड़ रखा है। अब यह दामन किसी तरीक़े से छोड़ें, और फिर अपना गिरेबाँ चाक करें, ताकि जुनून, विभोरता और तल्लीनता की जो कैफ़ियत उस महफ़िल में होती थी वह लौट आये। इस शे'र पर ग़ौर फरमाइए—

*फिर गर्मे-नालाहा-ए-शररबार है नफ़स*
*मुद्दत हुई है सैरे-चराग़ाँ किये हुए*

यानी अपने अधरों से शब्दों की बजाय शोले बरसने लगें, ताकि उन शोलों से उस भावना और शौक़ की कैफ़ियत पैदा हो जो कि उस महफ़िल से जुड़ी हुई थी। यह शे'र भी आपका ध्यान खींचना चाहेगा—

*फिर पुरसिशे-जराहते-दिल को चला है इश्क़*
*सामाने-सदहज़ारे-नमकदाँ किये हुए!*

यहाँ ग़ालिब कहते हैं : फिर दिल के ज़ख़्मों पर नमक छिड़कें और उससे इतना दर्द हो कि पुरानी कैफ़ियत पैदा हो जो कि उस महफ़िल से जुड़ी हुई थी। इसी तरह के ये तीन शे'र भी हैं—

*फिर भर रहा हूँ ख़ामए-मिज़गाँ ब-ख़ूने-दिल*
*साज़े-चमनतराज़िए-दामाँ किये हुए*
*बाहमदिगर हुए हैं दिलो-दीदा फिर रक़ीब*
*नज़्ज़ारा-औ-ख़्याल का सामाँ किये हुए*
*दिल फिर तवाफ़े-कू-ए-मलामत को जाये है*
*पिन्दार का सनमकदा वीराँ किये हुए*

आख़िरी शे'र की शब्दावली पर ज़रा ध्यान दें; जिसमें 'कू-ए-मलामत' के 'तवाफ़' (परिक्रमा) और 'पिन्दार'(अहमन्यता, दम्भ) के 'सनमकदे' (मन्दिर, मूर्तिगृह) का ज़िक्र है। 'कू-ए-मलामत' का संकेत है— कू-ए-यार, यार की गली। और उस कू-ए-यार को तो का'बा ठहराया है जिसकी परिक्रमा करने को जी चाहता है, और अपने 'पिन्दार'(दम्भ और अहं) को 'सनमकदा' (मूर्ति-गृह, सनम का घर) माना है। कू-ए-यार, इश्क़े-यार तो हक़ीक़त (यथार्थ सत्ता) है, और अपने-आप पर जो घमंड है, और अपना जो पिन्दार है वह सनम (मूर्ति) की तरह मिथ्यालोक की वस्तु है। आशिक़ी हक़ीक़त है—सत्यमूल यथार्थ है; और ख़ुदपसन्दी (आत्मशंसा) असत्य। एक का'बा है, दूसरा सनमकदा। शब्दों के प्रयोग में जो अलंकार और व्यंजना है, वह देखने के क़ाबिल है। इस शे'र पर पहला सीक्वेंस ख़त्म होता है। इसके बाद 'सीक्वेंस' इस शे'र से शुरू होता है :

*फिर शौक़ कर रहा है ख़रीदार की तलब*
*अर्ज़े-मता-ए-अक़्लो-दिलो-जाँ किये हुए*

अक़्ल, दिल और जान को वार के शौक़ चाहता है कि अब कोई ऐसा ख़रीदार पैदा हो जिस पर वो सब कैफ़ियतें छा जायें जो पहले बयान की गयी हैं। यानी, तलब इस बात की, कि जिगर के टुकड़े-टुकड़े एक जगह हों। तलब इस बात की, कि सब्र को छोड़कर जुनून इख़्तियार कर लें। इस बात की तलब कि शब्दों से शोले भड़कने लगें। इस बात की तलब कि ज़ख़्मे-दिल पर नमक छिड़का जाये। इस बात की तलब कि आँखें ख़ून से भर जायें। इस बात की तलब कि नज़्ज़ारा-ओ-ख़्याल में दिल और आँखें एक-दूसरे का मुक़ाबिला

करने लगें, और अपनी ज़ात के सनमकदे को वीरान करके (मिथ्या अहं की पूजा को त्यागकर) अपने महबूब के कूचे की परिक्रमा के लिए दुबारा जायें।

इस तलब का नतीजा क्या है? दूसरा सीक्वेंस इस सारे शौक़ और तलब का नतीजा है; इसलिए कि, वही दृश्य जिसको वह महफ़िले-यार का रूपक बनाते हैं, उसी तलब के जवाब में बयान करते हैं। यह सीक्वेंस या मंज़रनामा (दृश्यावली का रूपक) इतना कसा हुआ, अपने सिलसिले में बँधा हुआ है कि अगर आप किसी शे'र की जगह बदल दें, यानी ऊपर का नीचे या नीचे का शे'र ऊपर कर दें तो क्रम टूट जाएगा, मंज़रनामा बिगड़ जाएगा; और सीक्वेंस ग़लत हो जाएगा। न सिर्फ़ ग़ालिब की इस ग़ज़ल में, बल्कि हर सीक्वेंस के शे'रों में एक क्रम और सुसम्बद्धता है। चुनांचे :

*दौड़े है फिर हरेक गुल-ओ-लाला पर ख़्याल*
*सद गुल्सिताँ निगाह का सामाँ किये हुए*

यह तो पृष्ठभूमि है— बैकग्राउंड। इसमें ग़ालिब बताते हैं : दुनिया एक गुलिस्ताँ है। हर तरफ़ फूल खिले हुए हैं और हर फूल निहायत हसीन और ख़ूबसूरत है। यह पृष्ठभूमि है उस भावभूमि की घटना की, जिसका ज़िक्र वह बाद के शे'रों में करते हैं। उस गुलिस्ताँ में क्या होता है? कहते हैं :

*फिर चाहता हूँ नाम-ए-दिलदार खोलना*
*जाँ नज़्रे-दिलफ़रेबिए-उनवाँ किये हुए*

आगे ज़ाती कैफ़ियत शुरू होती है जो कि इस अर्थ में ज़ाती नहीं है कि यही कैफ़ियत बहुत पहले से और आज तक लोगों पर गुज़रती आयी है। इस कैफ़ियत (भावस्थिति) की पहली मंज़िल तो यह है कि महबूब न सामने है और न कहीं आसपास, बल्कि नज़र से दूर और ग़ायब है। इसलिए ग़ालिब 'ख़त' का जिक्र करते हैं। 'नामए-दिलदार' आता है। चूँकि नामए-दिलदार में 'उनवान' (शीर्षक) महबूत के हाथ का लिखा हुआ है, इसलिए प्रेयसी के सौन्दर्य और उसके परम आकर्षण की निशानी मात्र एक है, और वह 'नामए-दिलदार' का 'उनवान' और सरनामा है। यह उनवान अपनी जगह पर स्वयं इतना मोहक है कि ग़ालिब का इसी पर जान छिड़कने का जी चाहता है। न महबूब का नैकट्य, न उसका दीदार और उसका विसाल (मिलन) : सिर्फ़ उसका ख़त आया है! अब दूसरी मंज़िल की तरफ़ चलिए :

*माँगे है फिर किसी को लबे-बाम पर हवस*
*ज़ुल्फ़े-सियाह रुख़ पे परीशाँ किये हुए*

महबूब है तो सही, मगर बाम पर है। आस-पास नहीं, दूर बाम पर है। और जब बाम पर है,तो वहाँ से सिर्फ़ उसकी ज़ुल्फ़े-सियाह ही नज़र आ सकती है। बाक़ी नख-शिख पर नज़र नहीं पहुँच सकती। ज़ुल्फ़े-सियाह का सिर्फ़ एक साया-सा नज़र आता है। महबूब के चेहरे की अन्य तफ़सीलें नज़र से ओझल हैं। पहली मंज़िल में दिलदार के ख़त का ज़िक्र और दूसरी मंज़िल में दूर से दीदारे-यार का। अब तीसरी मंज़िल या तीसरा मोड़ यों बयान

होता है :

*चाहे है फिर किसी को मुक़ाबिल में आरज़ू*
*सुर्मे से तेज़ दश्नए-मिज़्गाँ किये हुए*

महबूब अब बाम से उतरकर सामने आ गया है। मुक़ाबिल में है। अगर मुक़ाबिल में है तो जिस तरह बात पर सबसे नुमायाँ चीज़ ज़ुल्फ़े-सियाह थी, उसी तरह अपने सामने होने पर सबसे नुमायाँ चीज़, ज़ाहिर है, कि 'दश्नए मिज़्गाँ' (पलकों की कटार) है। चेहरे के नक्शे में सबसे आकर्षक और मोहक महबूब की आँखें ही हो सकती हैं। इसके बाद मुलाक़ात का बयान है। यह चौथी मंज़िल है :

*इक नौबहारे-नाज़ को ताके है फिर निगाह*
*चेहरा फ़रोग़े-मै से गुलिस्ताँ किये हुए*

ख़त के बाद दीदार। दीदार के बाद हमनशीनी (पास-पास बैठना)। हमनशीनी के बाद हमपियालगी (साथ-साथ मधुपान)। यानी बेतकल्लुफ़ी की यह सूरत है कि अब चेहरा फ़रोग़े-मय से गुलिस्ताँ किये हुए हैं।

आमने-सामने होने और मुलाक़ात के बाद महफ़िल का सजना और यारों के साथ हमनशीनी की तरफ़ इशारा है। इस ग़ज़ल का मतला अगर आप फिर एक बार याद कर लें तो महसूस करेंगे कि जोशे-क़दह के बाद अब किसी क़िस्म का सन्देह या धुँधलका बाक़ी नहीं रहता। अगर संगीत की परिभाषा का प्रयोग किया जाए तो कहेंगे कि इस दूसरे सीक्वेंस के सारे शे'र चढ़ते हुए सुर हैं। 'सीक्वेंस' ऊपर की तरफ़ जा रहा है।

अब आख़िरी 'सीक्वेंस' शुरू होता है; जिसके अशआर उतरते हुए सुर हैं। यहाँ पहुँचकर ग़ालिब को यकायक ख़्याल आता है कि ये सब बेकार बातें हैं। क्योंकि, न तो महबूब आएगा, न गिरेबाँ चाक करेंगे और न शौक़ का वह आलम ही हम पर तारी होगा जिसके लिए हम भटकते फिरते हैं। बल्कि ग़ालिब अन्त में हार ही क़ुबूल कर रहे हैं। इस सीक्वेंस में तीन शे'र हैं :

*फिर जी में है कि दर पे किसी के पड़े रहें*
*सर ज़ेरे-बारे-मिन्नते-दरबाँ किये हुए*

न महबूब बाम पर आएगा, न उसका ख़त आएगा, न क़ुरबत (नैकट्य) प्राप्त होगी, न महफ़िल सजेगी, न यार-दोस्त जमा होंगे। इसलिए कम-से-कम इतना तो हो कि सर ज़ेरे-बारे-मिन्नते-दरबाँ किये हुए हम यार के दर पर पड़े रहें। इस शे'र में कहीं कोई इशारा नहीं है कि दर के अन्दर जाने की कोई ख़्वाहिश है। शौक़ का वलवला और सारी बेचैनी और बेकारी ख़त्म हो चुकी है। इसलिए अब सिर्फ़ इतनी इजाज़त मिल जाए कि हम उसके दर पर पड़े रहें ताकि महबूब से कुछ-न-कुछ लगाव और तअल्लुक़ क़ायम रहे। अगर यह भी नहीं हो सकता तो :

*जी ढूँढता है फिर वही फ़ुर्सत के रात दिन*
*बैठे रहें तसव्वुरे-जानाँ किये हुए*

अगर दरे-जानाँ भी मुयस्सर नहीं हो तो फिर इतना तो हो, और इतनी फ़ुर्सत तो मिले कि हम तसव्वुरे-जानाँ ही किये बैठे रहें (महबूब के कल्पनासुख में ही लीन रहें) उससे लौ लगाये रखें। ग़ौर फरमायें कि दर पर पड़े रहनेवाला शे'र बाद में, और तसव्वुरे-जानाँ वाला शे'र पहले लिख दिया जाये या वर्णन किया जाये तो न सिर्फ़ उसके सही सिलसिले में बल्कि सारी कैफ़ियत (भावधारा) और भावभूमि पर घटनेवाली 'वारदात' (वास्तविक अनुभूति) में फ़र्क आ जाएगा। और आख़िर में 'ग़ालिब' नतीजा यह निकालते हैं :

*'ग़ालिब' हमें न छेड़ कि फिर जोशे-अश्क से*
*बैठे हैं हम तहैयए-तूफ़ाँ किये हुए*

ग़ालिब, ये सब फ़िजूल बातें हैं। क्यों ये क़िस्से छेड़ते हो? क्यों महबूब की याद दिलाते हो? क्यों महफ़िल का ज़िक्र करते हो? जाने दो इन तमाम बातों को। अब इसके सिवा कोई चारा नहीं कि हम तहैय्यए-तूफ़ाँ कर लें (एक तूफ़ान उठाने का संकल्प ही कर लें), रोना-धोना कर लें; दिल का बुख़ार हलका कर लें। अब कुछ होना-हुआना नहीं है। इसलिए, ग़ालिब, बेहतर यही है कि इन सारी बातों के आलाप से बचो... ताकि यह तूफ़ान थम जाये, ख़त्म हो जाये।

मैंने बहुत-सी बातें और टीका-टिप्पणियाँ विस्तार के भय से नज़र-अन्दाज़ करते हुए एक संक्षिप्त-सा जायज़ा आपके विचारार्थ पेश किया है। मेरी बयान की हुई क्रमबद्धता के दृष्टिकोण से ग़ालिब की किसी भी मशहूर ग़ज़ल को पढ़िए, उसमें आपको इसी क़िस्म का कोई-न-कोई सिलसिला मिलेगा, और वह सिलसिला एक कैफ़ियत (भावधारा) का, या एक कैफ़ियत के विभिन्न अंगों या उसके विभिन्न पक्षों का मिलेगा और एक से अधिक रूपों में मिलेगा। इस दृष्टिकोण से अगर आप कलामे-ग़ालिब का दुबारा अध्ययन और मूल्यांकन करें तो बहुत-से नुकते, जो पहले शायद आपके ज़ेहन में न आये हों, अध्ययन करने के बाद साफ़ और स्पष्ट रूप में नज़र आएँगे।

(1973)

# ख़तूत

# ख़त लिखने के लिए काग़ज़ आज़ ही हाथ आया है

## फ़ैज़ अहमद फ़ैज़

### पत्नी के नाम

7 जून, 1951

तुम्हें पहले नहीं लिख सका जिसका अफ़सोस है लेकिन यहाँ हर काम बहुत धीरे-धीरे होता है और ख़त लिखने के लिए काग़ज़ आज ही हाथ आया है। मैं और दूसरे साथी चार तारीख़ की सुबह को स्पेशल ट्रेन से यहाँ पहुँचे। हमने जिस ठाठ से सफ़र किया देखने की चीज़ थी। सिर्फ़ बैंड-बाजे की कसर रह गयी, वर्ना जिलौ में (सवारी के जुलूस में) और तो सब कुछ था। गाड़ी पर सवार होते ही यों महसूस हुआ कि सब परेशानियाँ दूर हो गयी हैं। सफ़र का लुत्फ़, दुनिया को दुबारा देखने की लज़्ज़त, पुरतकल्लुफ़ खाना, बहुत-सी नेमतें यकबार ही हाथ आ गयीं। उस दूर-दराज़ दिन के बाद जब मुझे अचानक घर से ले गये थे, पहली बार मज़े का खाना इस सफ़र की दोपहर में नसीब हुआ। भुना हुआ मुर्ग़ा, पुलाव, फ्रूट कॉकटेल और आइसक्रीम (अफ़सोस कि भूख नहीं लग रही थी) और उस पर इज़ाफ़ा दुनिया की सबसे अजीज यानी इंसानों की सोहबत, जिससे इतने दिन महरूम रहे। इन सब बातों की वजह से दिल दुबारा पुरसुकून है। अब तुम्हें बताने में कुछ हरज नहीं कि ये तीन-चार दिन जो लाहौर में गुज़रे, ऐय्यामे-असीरी (जेल के दिनों) के सबसे अज़ीयतनाक (कष्टकर) दिन थे। जब मुझे पहली दफ़ा एहसास हुआ कि अपने चाहनेवालों को किसी ऐसी चीज़ की ख़ातिर दुख और अज़ीयत (यातना) पहुँचाना, जो ख़ुद को बहुत अज़ीज़ हो लेकिन उनके लिए कुछ मानी न रखती हो, ग़लत और नाजाइज़ बात है। इस नज़र से देखो तो आइडियालिज़्म या उसूलपरस्ती (आदर्शवाद) भी ख़ुदग़रजी की एक सूरत बन जाती है।

इसलिए कि हम, अपने किसी उसूल की धुन में आप यह भूल जाते हैं कि दूसरों को क्या चीज़ अज़ीज़ है, और इस तरह अपनी ख़ुशनूदी (ख़ुशी) की ख़ातिर दूसरों का दिल दुखाते हैं। इस ज़माने में दिलो-दिमाग़ पर और भी कई बातों का इन्किशाफ़ हुआ है (बातें खुली हैं)— अपने बारे में भी, दूसरों के बारे में भी ऐसी बहुत-सी कमज़ोरियाँ नज़र आयीं जिनका वुजूद पहले गुमान में न था। दूसरों में कमीनगी और आलीहौसलगी (क्षुद्रता और विशिष्ट साहस) के ऐसे पहलू जो पहले मालूम न थे। इस सारे तजरुबे के लिए दिल एहसानमन्द है। ख़्याल है कि जब यहाँ से निकलेंगे तो ग़ालिबन अपनी शख़्सियत पहले से ज़्यादा मुकम्मल और मुनज़्ज़म (सन्तुलित) होगी। मैंने यह भी अच्छी तरह महसूस कर लिया है कि आदमी के लिए मुनासिब यही है कि जो कुछ वह है उस पर क़नाअत (सन्तोष) करे, और जो कुछ वह नहीं है वह कुछ बनने की कोशिश में वक़्त और मेहनत ज़ाया न करे। इस तरह की कोशिश में हिमाक़त और ख़ुदफ़रेबी (आत्मवंचना) के अलावा कुछ हासिल नहीं।

हाँ तो जैसा मैं कह रहा था, जब से मैं यहाँ पहुँचा हूँ, ख़ौफ़ो-ख़तर का क़तई कोई एहसास दिल में बाक़ी नहीं रहा। अगर्चे यह एहसास पहले भी कुछ ऐसा ज़ियादा न था : वह इस वजह से कि न सिर्फ़ मुझसे कोई ऐसी हरकत सरज़द नहीं हुई है (ऐसा काम नहीं किया है) जिसे अख़लाक़ी तौर से (नैतिक दृष्टि से) गुनाह कह सकें, बल्कि कोई ऐसा इर्तकाब भी (गर्हित कार्य भी) नहीं किया जिसे रस्मी या क़ानूनी तौर से जुर्म ठहराया जा सके। अब तो यों हैं कि अगर कोई याद न दिलाये तो ख़्याल भी नहीं आता कि हम जेलख़ाने में हैं। यों लगता है कि हम अपनी मर्ज़ी से यहाँ हैं और अगर यहाँ से बाहर जाने को जी चाहे तो कोई हमें रोक भी नहीं सकता। जेल में हमारा घर अच्छा-ख़ासा है। खाने-पीने को काफ़ी मिलता है। गर्मी कुछ ऐसी ज़ियादा नहीं। असीरी (क़ैद) के सबसे बुरे दिन कट चुके हैं। इसलिए कि अब और कुछ भी हो, न क़ैदे-तनहाई का सामना बाक़ी है न पुलिस की तकलीफ़देह पूछ-ताछ का डर है, और अपनी जान और नामूस (प्रतिष्ठा) दोनों सलामत हैं। अब तुम्हारी और बच्चों की तस्वीरें सामने रखके मैं ख़ुशी से मुस्करा सकता हूँ : तुम्हारी याद से पहले की तरह दिल नहीं दुखता, और यह यक़ीन पहले से भी ज़ियादा मुहकम् (पक्का) हो चला है कि ज़िन्दगी ख़्वाह कुछ भी दिखाये, बिल्आख़िर बहुत ख़ूब शै भी है और बहुत हसीन भी।

## पत्नी के नाम एक और ख़त

आज तुम्हारा ख़त मिला, बड़ी राहत हुई। आज हमारी शादी की सालगिरह है। दुआ है कि तुम्हें (बल्कि हमें) ये दिन कई बार देखना नसीब हों। इन दस बरस में बहुत-सा सुख देखा है, और थोड़ा-सा दुख भी। लेकिन हमने ये तमाम दिन दयानतदारी, सुकूने-ख़ातिर से गुज़ारे हैं और ज़िन्दगी में सबसे अहम बात यही है। तो आओ उन बीते हुए दिनों का शुक्राना अदा करें। ये दस बरस ऐसी दौलत है जिसे कभी फ़ना नहीं, और जिसे कोई छीन नहीं

सकता। अगर किसी का उक़बा (परलोक) या आसमानी एहकामात (ईश्वरीय आदेश) पर ईमान न हो, तो नेकी और अख़लाक़ (सदाचरण) के हक़ में सबसे बड़ी दलील यही है कि जो लम्हा हक़-ओ-सदाक़त की परवरिश (यथार्थ और सच्चाई को बढ़ाने) में गुज़रे वह बजाय-ख़ुद ख़ुशी का ऐसा ख़जाना बन जाता है जिसे कोई रहज़न लूट नहीं सकता, न कोई जाबिर (आततायी) ज़ब्त कर सकता है। शायद मज़हबी इस्तिलाह (धर्म की परिभाषा) में तोशए-आख़िरत (परलोक के संचित पुण्य धन) के सही यही हैं।

तुमने अपने घर की तनहाई का जिक्र किया है, मैं जानता हूँ कि यह तनहाई कितनी कड़ी और जुदाई के ये लम्हे कितने गराँ (भारी) हैं। इनको दिल से धोया तो नहीं जा सकता, लेकिन इनका बोझ इस तसव्वुर से कम ज़रूर किया जा सकता है कि बीते हुए दिन कैसे अच्छे थे और आनेवाले दिन कितने बेहतर होंगे। मैं तो यही करता हूँ। जब से जेलखाने का दरवाज़ा बन्द हुआ है मैं कभी माज़ी के पैरहन (विगत के वस्त्र) को तार-तार करके उसे मुख़्तलिफ़ (विभिन्न) सूरतों में दुबारा बुनता रहता हूँ, और कभी आनेवाले दिनों को दामे-तसव्वुर में मुक़ैय्यद (कल्पना के जाल में क़ैद) करके उनसे अपनी मर्ज़ी और पसन्द के मुख़्तलिफ़ मुरक़्क़े (अलबम) तरतीब देता रहता हूँ। जानता हूँ कि यह बेकार-सा शग्ल है, इसलिए कि ख़्वाबों को हक़ीक़त की ज़ंजीरों से आज़ाद नहीं किया जा सकता। लेकिन इतना ज़रूर है कि थोड़ी देर के लिए आदमी तख़य्युल (कल्पना-शक्ति) के बल पर गिर्दो-पेश (चारों ओर) की दलदल से पाँव छुड़ा सकता है। फ़रारियत (पलायन) बुरी बात है। लेकिन जब हाथ-पाँव जकड़े हुए हों तो आज़ादी की वाहिद (एकमात्र) सूरत यही रह जाती है। इसी नुस्ख़े के तुफ़ैल (बहाने) मुझे जेल की सलाख़ें बहुत ही हक़ीर (तुच्छ) और बेहक़ीक़त दिखायी देने लगी हैं, और बेश्तर औक़ात (बहुधा) उनकी तरफ़ ध्यान ही नहीं जाता।

तुम कहोगी कि हम बुक़राती ऊँचा फ़लसफ़ा छाँट रहे हैं, इसलिए आओ कोई और बात करें। चन्द दिन हुए मैंने रेडियो खोला तो मालूम है उस जानिब कौन था? अपने ए.एस.बी (अहमद शाह बुख़ारी- पतरस) अख़बारवालों की खिंचाई कर रहे थे। बहुत-बहुत लुत्फ़ आया। ख़ास तौर से इतनी बहुत-सी अमरीकी ख़िनख़िनी आवाज़ें सुनकर अमरीका के लिए दिल उदास हो गया। 'डॉक्टर बुख़ारी, क्या आजकल किसी मुल्क के लिए वाक़ई ग़ैरजानिबदार (निष्पक्ष) होना मुमकिन है?' बुख़ारी साहब ने जवाब दिया— 'भई वाक़िआ है कि आजकल कुछ मुल्क वाक़ई ग़ैरजानिबदार हैं, और अगर ग़ैरजानिबदारी मुमकिन नहीं तो ऐसा क्यों मुमकिन हुआ?' बहुत दिल्लगी रही। (ये अमरीकी अपने ख़ास लहजे में 'कंट्री' को 'कैंट्री', 'वर्ल्ड ऑफ़ टुडे' को 'वल्ड ऑफ टुडाय' और 'न्यूट्रल' को 'नूट्रल' कह रहे थे।)

यहाँ गर्मी का मौसम ग़ैरमामूली तौर से तवील होता जा रहा है। रातें ख़ुनक हो चुकी हैं, लेकिन दिन अब भी गर्म हैं, अगर्चे बहुत नाख़ुशगवार नहीं। मालूम होता है कि दुनिया के इस हिस्से में गुलाबी जाड़ों की वह सहर-आफ़रीं (जादू की-सी) रुत वारिद ही नहीं होती

(आती ही नहीं)जिससे हम पंजाब में आश्ना हैं। वह मौसम, जब हवा का हर झोंका किसी के प्यार का लम्स (स्पर्श) महसूस होता है और गुदाज़ आसमानों में किसी दोशीज़ा (कुमारी) जिस्म की-सी नर्मी और आँच महसूस होती है। ख़ैर, ऐसे मौसम से आसूदगिए-नफ़्स (आत्मिक सन्तोष) का कुछ बदल मुझे उस ख़ुशबू से हाथ आ जाता है जो तुमने भेजी थी और जिसे मैं हर रात अपने तकिये पर छिड़क देता हूँ। पहली शाम जब यह ख़ुशबू हमारे बरामदे में बिखरी तो शहरे-ज़िन्दाँ ('जेल की नगरी') में सनसनी दौड़ गयी।

इतवार : मैंने फ्रांसीसी में काफ़ी तरक़्क़ी कर ली है। जब मिलेंगे तो फ्रांसीसी में गुफ़्तगू करेंगे। इसलिए अगले साल पैरिस जाने का प्रोग्राम पक्का कर लो। कुछ दिनों के बाद मुझे कोई फ्रांसीसी किताब दरकार होगी। मोपासाँ या किसी और मुसन्निफ़ (लेखक) की किताब, जो सलीस (सरल) और सादा ज़बान में हो, मिल सके तो भिजवा दो।

## छेमी और मेज़ी के नाम

(छेमी— सलीमा और मेज़ी— मुनीज़ा फ़ैज़ साब की बेटियाँ हैं, जो इन ख़तों के लिखे जाने के ज़माने में बहुत छोटी थीं : सम्पादक)

### एक

हम राज़ी-ख़ुशी हैं। अम्मी ने लिखा है कि तुम दोनों बहुत अच्छी बच्चियाँ हो। यह सुनकर बहुत ख़ुशी हुई। यहाँ हमारे बहुत-से दोस्त हैं, और सब बहुत ख़ुश रहते हैं। जब घर आएँगे तो तुमसे मिलकर ख़ूब मज़े करेंगे। उम्मीद है कि हम जल्द आ जाएँगे। तुम अपनी अम्मी का हाथ बटाती रहो।

### दो

तुम्हारे प्यारे ख़त का बहुत शुक्रिया। मुझे बहुत ख़ुशी है कि अब तुम्हारी अम्मी और मेरे पास एक बेटी के साथ एक बेटा भी है। बेटों को बहुत बहादुर और बहुत अच्छा होना चाहिए। इसलिए कि उन्हें अपनी माँ और बहनों की देखभाल करनी पड़ती है। मुझे उम्मीद है कि तुम बहुत अच्छे और बहादुर होगे। मेरा क्रिसमस का तुहफ़ा बहुत अच्छा था, सब लोगों ने पसन्द किया। कल हमारे यहाँ क्रिसमस पार्टी होगी। फिर एक मुशाइरा भी होगा। बहुत-प्यार।

### तीन

तुम्हारा बहुत अच्छा ख़त मिला। आजकल तुम्हें छुट्टी होगी, हमें भी छुट्टी है। थोड़े दिनों में अम्मी आएँगी, तुम भी आओगी, फिर हम ख़ूब बातें करेंगे। अम्मी तुम्हें कराची भी ले जाएँगी। वहाँ समन्दर भी है, जहाज़ भी हैं, और चिड़ियाघर में मगरमच्छ भी होते हैं।

हमारी बिल्ली और उसका बच्चा भाग गये थे। बिल्ली आ गयी है, लेकिन बच्चा नहीं आया। शायद वह भी आ जाये।

हम शाम को ख़ूब खेलते हैं। कभी-कभी बाहर से आइस-क्रीम भी आती है। जब तुम आओगी तो तुम्हें भी खिलाएँगे। बहुत-सा प्यार।

चार

तुम्हारा बहुत प्यारा ख़त मिला। तुम्हारी तस्वीरें भी मिलीं। तुम दोनों कितनी बड़ी हो गयी हो! ख़ैर यहाँ आओगी तो देखेंगे। हम तुम्हें ईद के दिन बहुत अच्छा खाना खिलाएँगे। और भी बच्चे आएँगे। शायद हम तुम्हें गाना भी सुनाएँगे। हँसी की कोई बात नहीं है। हम लोग बहुत अच्छी क़व्वाली करते हैं। तुम्हारा लतीफ़ा बहुत अच्छा था। तुम्हारे इम्तिहान का नतीजा सुनकर ख़ुशी हुई। हिसाब में कम नम्बर आये हैं तो कोई बात नहीं। हिसाब तुम्हारे अब्बा को भी नहीं आता था। यहाँ मौसम अच्छा है और गर्मी बहुत कम है। रात को काफ़ी ठंडक होती है और दिन को भी बहुत ठंडी हवा चलती है। यहाँ सब लोग अच्छी तरह हैं और तुम दोनों को प्यार भेजते हैं।

पाँच

आजकल यहाँ गर्मी है। हमारे बाग़ीचे के फूल ख़त्म हो गये हैं। दूसरों के पास तो एकाध भी नहीं, अलबत्ता हमारे पास चन्द-एक फूल अभी मौजूद हैं। कुछ तो सफ़ेद पेटोनिया हैं, कई रंगों के कुछ ज़ैमिया हैं। सूरजमुखी के फूल भी निकलने लगे हैं। स्वीट विलियम और हॉलीहॉक के चन्द-एक दरख़्तों में भी फूल खिलते हैं। बस चन्द रोज़ बाद बारिशें शुरू हो जाएँगी। तब हमारा बाग़ीचा फिर ख़ूबसूरत हो जाएगा। तुम जानती हो कि जब गर्मी बहुत ज़ियादा होती है तो लोग बाहर नहीं निकलते और इस वजह से फूलों को नहीं देखते। और ये फूल उनसे ख़फ़ा होकर चले जाते हैं। जब कुछ ठंडक हो जाती है और लोग-बाग चलते-फिरते रहते हैं तो फूल भी निकल आते हैं (उन्हें ख़ुश करने के लिए)।

उम्मीद है कि तुम्हारी दावतें मज़ेदार हुई होंगी। हमारे-हाँ कोई दावत नहीं हो रही है, क्योंकि सब रोज़े रखते हैं। बताओ तुम्हें क्या तुह्फ़ा दिया जाये? जो तुह्फ़ा माँगोगी, मिलेगा।

मैंने छेमी की तस्वीर अख़बारों में देखी। बहुत अच्छी थी। अगले साल तुम भी कोई इनाम पाओगी। तब तुम दोनों के हँसमुख चेहरे अख़बारों में छपेंगे।

तुम्हारे और छेमी के लिए एक लतीफ़ा लिख रहा हूँ। ''जब हज़रत नूह की कश्ती से जानवर उतर रहे थे तो हाथी से पिस्सू ने कहा, जो हाथी के पीछे था— भई, मुझे मत ढकेलो।''

# एकांकी

# प्राइवेट सेक्रेटरी

## फ़ैज़ अहमद फ़ैज़

### अनुवाद : मोहम्मद हादी रहबर

**पात्र**

(1) हामिद (2) रहीम (3) सेक्रेटरी डिस्ट्रिक्ट हेल्थ बोर्ड (4) शौकत (5) जमीला (6) नवाब इहतेशामुद्दीन ख़ान (7) सलीमा (8) सर फ़ीरोज़ जंग (9) लेडी फाटक (10) एक आवाज़ (11) दूसरी आवाज़ (12) औरत

### प्राइवेट सेक्रेटरी का कक्ष

हामिद : (थकी हुई आवाज़ में) चाय के प्याले चौबीस। छोटी प्लेटें चौबीस चमचे। (घंटी बजाता है। रहीम दाख़िल होता है) अबे रहीम तू कोई काम ठीक नहीं करता है। आज मेज़ भी नहीं झाड़ा। काग़ज़ वैसे ही बिखरे पड़े हैं और कितने दिन से कह रहा हूँ कि ये सामनेवाला पर्दा बदलवा दो। मेरी आँखें दुखने लगी हैं भला इस दीवार से इस पर्दे का भी कोई मेल है।

रहीम : साहब ये पर्दा तो जमीला बी ने लगवाया था।

हामिद : उसे क्या तमीज़[2] है। (खाँसता है) मेरा मतलब है कि उन्होंने ध्यान नहीं दिया होगा।

रहीम : नहीं साहब। वो तो कहती हैं मुझे ये रंग बहुत पसन्द है।

हामिद : ख़ैर छोड़ो। बैरे से पूछो कि चाय के बर्तन ठीक हो गये? आके देख लूँ? (घंटी बजती है) देखो तो कौन है?
(रहीम कमरे के बाहर जाता और फिर हाथ में कार्ड लिये हुए वापस आता है)

रहीम : कोई सिकत्तर साहब हैं। कार्ड दिया है।

हामिद : (पढ़ते हुए) सेक्रेटरी डिस्ट्रिक्ट हेल्थ सोसाइटी। बुला लो।
(रहीम कमरे के बाहर जाता है। सेक्रेटरी साहब दाख़िल होते हैं)

सेक्रेटरी : आदाब अर्ज़। हामिद साहब आप ही हैं?

हामिद : जी हाँ। कहिए!

सेक्रेटरी : क्या नवाब साहब इतवार[3] के दिन टाउन हाल में गन्दी नालियों की सफ़ाई

पर लेक्चर दे सकते हैं?

हामिद : ये नवाब साहब से पूछिए?

सेक्रेटरी : अजी उन्हीं के कमरे से तो आ रहा हूँ। वो फ़रमाते हैं कि अपनी मसरूफ़ियात[4] के मुताल्लिक़[5] मुझे ज़्यादा वाक़िफ़ीयत[6] नहीं है। मेरे प्राइवेट सेक्रेटरी से पूछिए वही जानते हैं कि मैं कौन से मज़ामीन[7] पर तक़रीर[8] कर सकता हूँ।

हामिद : ख़ूब! मेरा ख़्याल है कि इस हफ़्ते में नवाब साहब को बहुत मसरूफ़ियात रही है। आज शाम को एक निहायत[9] ज़रूरी पार्टी दी जानेवाली है। जिसमें नवाब साहब के बच्चों का सोसायटी से तआरुफ़[10] कराया जाएगा। इसलिए बेहतर यही होगा कि आप लेक्चर किसी और तारीख़ पर रखिए।

सेक्रेटरी : आप सही फ़रमाते हैं मगर कमिश्नर साहब तक़रीब[11] की सदारत[12] फ़रमा रहे हैं। नवाब साहब का ख़्याल है अगर लेक्चर हो जाए तो बहुत अच्छा है। इलेक्शन के दिन क़रीब आ रहे हैं और ख़ेताबात[13] की फ़ेहरिस्त[14] मुरत्तब[15] होनेवाली है।

हामिद : अगर उनका यही ख़्याल है तो मुझसे पूछने की ज़रूरत ही क्या थी?

सेक्रेटरी : बहुत मेहरबानी आपकी। हमारी सोसायटी बहुत मुफ़ीद[16] काम कर रही है। हम आज तक पाँच जल्से कर चुके हैं। कोई बीस के क़रीब रिज़ॉलवेशन पास किए गये होंगे जिनमें से चार तो अख़बारात मे भी शाया[17] हो चुके हैं।

हामिद : ख़ैर, इससे क्या बहस है। लेकिन...

सेक्रेटरी : आप बात भी तो सुन लीजिए। आख़िर नवाब साहब तक़रीर करेंगे तो उन्हें हमारी भी थोड़ी बहुत तारीफ़ करना चाहिए। वरना तक़रीर का फ़ायदा ही क्या। कमिश्नर साहब को ये भी तो मालूम होना चाहिए कि हम कौन हैं और क्या कर रहे हैं तो मैं कह रहा था हमारी सोसायटी बहुत मुफ़ीद काम कर रही है। हमारे मक़ासिद[18] ये हैं कि शहर की सफ़ाई का पूरा इन्तेज़ाम किया जाए। जब भी कोई अफ़सर शहर में आता है तो यही शिकायत करता है कि बाज़ारों से घिन आती है। हम चाहते हैं कि बाज़ार आईना की तरह शफ़्फ़ाफ़[19] हों। ग़लाज़त[20] और बीमारी के ख़िलाफ़ जंग की जाए, लोगों को टीके लगवाने की तरग़ीब[21] दी जाए और...

हामिद : देखिए साहब। मैं बहुत मसरूफ़ हूँ। जैसा मैंने अर्ज़ किया था कि आज शाम को पार्टी है जिसका सब इन्तेज़ाम मेरे ज़िम्मे है। सुब्ह से इस वक़्त तक फ़ुर्सत का एक लम्हा[22] नसीब नहीं हुआ। और अभी सब काम धरा रखा है। आप फिर किसी वक़्त...

सेक्रेटरी : ज़रा मुझे बात तो ख़त्म करने दीजिए। आपने हमारी तजावीज़[23] तो सुन ली होंगी। अगर तकलीफ़ न हो तो लिखते जाइए। हम चाहते हैं कि सुक़्क़ों[24] और ख़ाकरोबों[25] पर टैक्स लगाया जाए। ग़रीब मोहल्लों में झोपड़ियाँ

गिरवाकर ख़ूबसूरत मकान खड़े किए जाएँ। ख़्वाचों और फेरीवालों को लाइसेंस दिया जाए।

(दरवाज़ा खटखटाने की आवाज़)

हामिद : उफ़।

रहीम : (अन्दर दाख़िल होते हुए) साहबज़ादा शौकत आ रहे हैं।

हामिद : (सेक्रेटरी से) अच्छा तो आप तशरीफ़ ले जाइए। नवाब साहब के साहबज़ादे आये हैं।

(क़दमों की आवाज़। शौकत दाख़िल होता है)।

शौकत : (तहक्कुमाना[26] अन्दाज़ में) ग़ज़ब करते हैं हामिद साहब। अभी तक आपने मेरे लिए ग़ज़ल नहीं लिखी। पार्टी में चार घंटे तो रह गये हैं और फिर मुझे याद भी तो करना है।

हामिद : आप ही कहिए कि अश्आर[27] किस वक़्त लिखता। बर्तन मँगवाए। खाने की चीज़ों की फ़ेहरिस्तें[28] बनायीं, दावती रूक्के[29] पहुँचाए। होटलों की ख़ाक छानी। सुब्ह से एक टाँग यहाँ है और दूसरी माल रोड पर।

शौकत : ये तो कोई बात नहीं। शेर लिखने के लिए आज ही का दिन तो नहीं रह गया था। पहले से लिख रखे होते।

हामिद : हर रोज़ यही क़िस्सा है। सुब्ह-सुब्ह आता हूँ और रात के आठ-नौ यहीं बज जाते हैं। घर पहुँचता हूँ तो जिस्म में इतनी सकत नहीं होती कि कपड़े भी उतार सकूँ। आज तो मुँह धोने की नौबत भी नहीं आयी। कुछ खाने का तो ज़िक्र ही न कीजिए। चाय की एक प्याली तक नहीं मिली।

शौकत : तो मैं क्या करूँ। ये बताइए कि मुझे पार्टी में शेर सुनाने हैं कि नहीं। शेर लिखने के लिए कौन-सी ऐसी उम्र दरकार है जो आप इत्ते से काम से जी चुराते हैं।

हामिद : ख़फ़ा न होइए। एक दो शेर तो मेरे ज़ेहन में हैं। बाक़ी दो तीन अभी लिख दूँगा ग़ज़ल हो जाएगी।

शौकत : जी हाँ। वो क्या ग़ज़ल होगी जो इस तरह बला टालने के लिए लिखी जाए। ख़ैर जैसे भी हो आप एक घंटे तक मुकम्मल कर रखिए। मैं दोस्तों को ताश पे इन्तेज़ार करते छोड़ आया हूँ बाज़ी ख़त्म होने तक मुझे ज़रूर मिल जाए।

हामिद : बहुत ख़ूब। (शौकत जाता है) मेरे अल्लाह... अगर मैं कहीं चला जाऊँ... कहीं बहुत दूर। किसी तरह ये थकान दूर हो जाए और ये तन्हाई... क्या मतला[30] कहा था।

(गुनगुनाने लगता है)

फिर हरीफ़े[31] बहार हो बैठे / जाने किस किस को आज रो बैठे / अरे वो बर्तनों की फ़ेहरिस्त बीच में रह गयीं। जाने कहाँ / तक देखी थी। नये सिरे से बक-

बक करनी होगी। / चाय-दान छः, क़दं-दान[32] छः

(फिर गुनगुनाता है)

थी मगर इतनी रायगाँ[33] भी न थी / आज कुछ ज़िन्दगी से खो बैठे / चाय की प्यालियाँ-छोटी प्लेटें।

(जमीला जल्दी-जल्दी क़दम उठाती हुई दाख़िल होती है)

जमीला : हामिद साहब आप भी ख़ूब हैं। बारह बज चुके हैं और मेरे कमरेवाली तस्वीर अभी तक अधूरी रखी है। आपका तो कुछ बिगड़ेगा नहीं। हमारी किरकिरी हो जाएगी। जाने आप इतने क्यों सुस्त वाक़े हुए हैं बस अब जल्दी से दरवाज़ा खोलिए और उसे ख़त्म कीजिए। क्या मज़ाक़ है आख़िर।

हामिद : ये सुस्ती की बात नहीं जमीला बीबी। तस्वीर बनाना इतना आसान थोड़ी है। ज़ेहन में एक तस्वीर क़ायम करना। एक-एक ख़त[34] को मौज़ूँ[35] करना। एक-एक रंग की तरकीब दरयाफ़्त[36] करना और फिर उन्हें तरतीब[37] देना।

जमीला : जी हाँ। भला हमने किसी को तस्वीरें बनाते तो देखा ही नहीं है। स्कूल में एक आर्ट मास्टर हैं। जब जी चाहा पाँच रुपये दिये और तस्वीर बनवा ली। आपकी तरह कोई थोड़ी करता है।

हामिद : वो और बात है जमीला बीबी। वैसी भोंडी तस्वीरें तो मैं भी हर वक़्त बना सकता हूँ लेकिन मैं ये नहीं चाहता कि तुम्हारे नाम पर कोई यूँही-सी तस्वीरें पेश करूँ। उसकी फ़न्नी[38] क़ीमत तो होती ही नहीं। मेरा ज़मीर इजाज़त नहीं देता।

जमीला : ओह, इसमें ज़मीर[39] की कौन-सी बात है, आप डाका डकैती या कोई वारदात तो नहीं करने लगे हैं। भला तस्वीर बनाने से ज़मीर को क्या मतलब?

हामिद : तुम समझी नहीं जमीला बी। अख़्लाक़ी[40] ज़मीर और होता है। फ़न्नी ज़मीर और...

जमीला : मैं ये बारीक़ बातें क्या जानूँ। आप जल्दी से तस्वीर ख़त्म कीजिए और देखिए ये औरत जो खड़ी है, इसकी साड़ी सुर्ख़ कर दीजिए। भला नीली साड़ी भी कोई पहनता है। बिलकुल फ़ैशन नहीं है।

हामिद : ये तो नहीं हो सकता। सारी तस्वीर ज़ाया[41] हो जाएगी। सुर्ख़ रंग इस तस्वीर में किसी सूरत नहीं निभ सकता।

जमीला : आज कैसी बातें कर रहे हैं आप। भला रंग भी कोई इंसान हैं कि उनकी आपस में निभ नहीं सकती। जौन सा रंग जहाँ भी चाहा लगा दिया। इसमें क्या है। बहरसूरत तस्वीर मेरी है न कि आपकी। जैसे मेरी मर्ज़ी वो वैसी बनेगी। लीजिए आप जल्दी कीजिए। दस ही मिनट का तो काम है। हम ज़रा अजायबघर[42] तक जा रहे हैं हमारे लौटने तक ज़रूर ख़त्म कर डालिए। कोई नुक़्स[43] न रहे।

(जमीला जाती है)

रहीम : हामिद साहब। आपको नवाब साहब अपने कमरे में याद फ़रमा रहे हैं।

(हामिद जाने के लिए क़दम बढ़ाता है)

हामिद : या अल्लाह ख़ैर...

रहीम : लीजिए वो खुद ही आ गये।
(नवाब साहब आते हैं)।

हामिद : आदाब अर्ज़ है।

नवाब : सब इन्तेज़ाम हो गया। भई अजीब आदमी हो। आज क्या मालूम कितनी तारीख़ हो गयी और हमारी एसोसिएशन की अपील अभी तक अख़बारों में नहीं गयी। सालाना जल्सा[44] क़रीब आ रहा है। क्या तारीख़ है आज?

हामिद : बाईस, हुजूर।

नवाब : बाईस, ठीक। और हुकूमत के नाम अभी तक तार भी नहीं भेजा तुमने वही तूफ़ान के मुसीबतज़दों के मुताल्लिक़[45]। किसी और ने पहले तार भेज दिया तो नाक कट जाएगी। आज क्या तारीख़ है?

हामिद : बाईस।

नवाब : हाँ, बाईस। तुमने पहले भी बताया था। तो वो अपील लिख डालो जल्दी से। आज ही अख़बारात में चली जाए।

हामिद : क्या लिक्खूँ हुजूर?

नवाब : लिक्खो हमारी एसोसिएशन अर्से[46] से लोगों की ख़िदमत कर रही है। उसके मार्फत[47] कई एक मुफ़ीद[48] काम हो रहे हैं और अगरचे हमने आज तक किसी के आगे दस्ते दराज़ सवाल नहीं किया।

हामिद : दस्ते सवाल दराज़[49] करना बोलते हैं?

नवाब : बीच में मत बोलो। जो हम लिखवाते हैं लिखो।

हामिद : बहुत अच्छा सरकार। इरशाद[50] (लिखने के अन्दाज़ में) हमने आज तक किसी के आगे दस्ते दराज़ सवाल नहीं किया।

नवाब : बस बाक़ी जो तुम्हारे ज़ेहन में आये लिख दो। कुछ इसी क़िस्म की बातें लेकिन हों ख़ूब ज़ोरदार और ये अख़बारों का पुलिन्दा उठाओ। ले जाओ। देखो जहाँ हमारा नाम छपा है काटकर फ़ाइल में रखो। क्या मालूम आज ही ज़रूरत पड़ जाए और वो तार ज़रूर चला जाना चाहिए। क्या तारीख़ बतायी थी तुमने?

हामिद : बाईस, हुजूर।

नवाब : ओह, बाईस, देखो तुम्हें हज़ार दफ़ा कहा है कैलेंडर मेज़ पर मेरे सामने रखो। मुझे तारीख़ कभी याद नहीं रहती।

हामिद : आपके सामने ही तो रखा है।

नवाब : ओह ठीक। फिर भी एहतियातन पूछ लेना चाहिए। लेकिन तुमने और क्या काम था। हाँ ग़ज़ब हो गया। भई शेख़ अब्दुलग़फ़ूर को आज दावत का रुक़्क़ा नहीं गया। तुमने याद क्यों नहीं दिलाया।

हामिद : जी मैंने तो आज तक उनका नाम भी नहीं सुना था।

नवाब : वाह ये तुम्हारी वाक़िफ़ीयत[51] का हाल है कि शहर के रोऊसा[52] के नाम भी नहीं मालूम। जाने आप लोगों को कॉलेज में क्या पढ़ाते हैं। शेख़ अब्दुलग़फ़ूर तो बहुत बिगड़ रहे होंगे। अब यही सूरत है कि ख़ुद ही जाकर उन्हें रुक़्क़ा पहुँचा दो। कह देना तुमसे भूल हो गयी थी। यहाँ से तीन मील ही तो है। घंटे भर में लौट आओगे। बस लपक के जाओ।

हामिद : लेकिन।

नवाब : लेकिन वेकिन क्या। नौजवानों को मुस्तइद[53] होना चाहिए। बाइस्किल पर टाँग रखो और हवा हो जाओ। गाड़ी जमीला ले जा रही है। वरना उसपर चले जाते। थोड़ी तकलीफ़ तो होगी और हाँ देखो पार्टी के इन्तेज़ाम में कोई नुक़्स[54] न रह जाए।

हामिद : जी।

नवाब : तो जाओ। ये क्या तुमने भीगी बिल्ली की सूरत बना ली है। मुझे यूँ लगता है जैसे मैंने थप्पड़ खींच मारा हो। ख़ुश-ख़ुश नज़र आया करो।

हामिद : बहुत अच्छा हुज़ूर।

(नवाब जाता है। हारमोनियम की आवाज़)

रहीम : हामिद साहब सलीमा बी इन्तेज़ार कर रही हैं।

(दरवाज़ा खुलने की आवाज़)

सलीमा : कहाँ ग़ायब हो गये थे आप? इतनी देर से बैठी इन्तज़ार कर रही हूँ। वो गीत भी मैंने तैयार कर दिया है। अब आप सुन लीजिए।

हामिद : (आजिज़ी[55] से) फिर कभी सलीमा बी। इस वक़्त माफ़ कीजिए।

सलीमा : क्या ख़ूब! अब और कौन सा वक़्त आएगा। एक बजने को आया। तीन ही घंटे तो बाक़ी हैं।

हामिद : तो आज कोई पुराना गीत सुना दीजिए। देखिए ना सारा काम धरा रखा है। और अभी नानक चन्द के यहाँ जाना है। दो घंटे में मुश्किल से लौटूँगा। ख़ुदा-न-ख़्वास्ता पार्टी में कोई बात रह गयी तो शामत आ जाएगी।

सलीमा : मैं क्या जानूँ। दो घंटे मग़ज़मारी करके मैंने गीत याद किया और आप फ़रमाते हैं कि पुराना गीत सुना दो। ये भी कभी हो सकता है? नहीं अभी सुनिए।

(ऊटपटाँग सुरों में गीत शुरू करती है)

झूठे सारे लोग हैं साथी झूठे सारे लोग

(हामिद सही सुरों में गाके सुनाता है। इतने में शौकत दाख़िल होता है)।

शौकत : (उसी पुराने अन्दाज़ में) हामिद साहब मेरे शेर हो गये?

हामिद : ओह! माफ़ कीजिए? अभी पाँच मिनट में हुए जाते हैं।

शौकत : मैं तो पाँच मिनट नहीं ठहर सकता। मेरे दोस्त इन्तज़ार कर रहे हैं।

हामिद : तो आप ज़रा-सी देर में तशरीफ़ ले आइए।

शौकत : जी। अब मैं बार-बार आपके लिए उठके आऊँ। वल्लाह आपने तो हमारा खेल बिलकुल बदमज़ा कर दिया।

हामिद : तो ज़रा ठहरिए, मैं अभी लिखे देता हूँ।

सलीमा : पहले मेरा गीत तो हो लेने दीजिए।

हामिद : हाँ। आप गाइए। गाइए।

(सलीमा फिर उन्हें मकरूह[56] सुरों में गाना शुरू कर देती है। और पहला मिस्त्रा दुहराती रहती है। कभी-कभी हामिद के गुनगुनाने की आवाज़ भी सुनाई देती है)।

हामिद : (आहिस्ता से) क्या क़ाफ़िया था कमबख़्त- (सलीमा से) बहुत अच्छा गायीं आप। बिलकुल ठीक है।

सलीमा : आदाब अर्ज़।

हामिद : (हामिद गुनगुनाता रहता है) जो ज़रा तेरे पास हो बैठे... लीजिए शौकत साहब, ग़ज़ल हो गयी।

शौकत : हाँ हाँ ठीक है हरीफ़े बहार। जो हरीफ़े बहार हो बैठे :

जाने किस-किस को आज रो बैठे

थी मगर इतनी रायगाँ भी न थी

हामिद : रायगाँ भी न थी।

शौकत : ख़ैर इससे क्या होता है।

थी मगर इतनी रायगां भी न थी। / आज कुछ ज़िन्दगी से खो बैठे। / सारी दुनिया से दूर हो जाए / जो ज़रा तेरे पास हो बैठे / न गयी तेरी बेरुख़ी न गयी / हम तेरी आरजू भी खो बैठे / तेरे दर पे पहुँच के लौट आए / इश्क़ की आबरू डुबो बैठे

बस इत्ते ही शेर हैं। ये ग़ज़ल तो ऐसी अच्छी नहीं है लेकिन ख़ैर गुज़ारा हो जाएगा। अब ज़रा इसकी तर्ज़ भी बता दीजिए।

हामिद : शौकत साहब, ख़ुदा रा मेरे हाल पर रहम कीजिए! मुझे हज़ार काम करने हैं।

शौकत : तो आपके ख़्याल में ये कोई काम ही नहीं है। मुझे डैडी से शिकायत करनी होगी।

हामिद : उफ़। अच्छा कीजिए। (एक मिस्त्रा गुनगुनाता है)

(शौकत निहायत भोंडी आवाज़ में दुहराता है)

हामिद : बस बिलकुल ठीक है। अब मुझे इजाज़त दीजिए। मैं सर नानक चन्द के यहाँ...

शौकत : सारी ग़ज़ल सुनिए।

हामिद : जी नहीं, क्या ज़रूरत है, बिलकुल ठीक है रहीम! देखो बैरों से कह दो कि सामान

वग़ैरह खुद ही ठीक कर लें। तुम भी देख लेना। मैं काम से सर नानक चन्द के यहाँ जा रहा हूँ। तीन–चार मील है यहाँ से। शायद वापसी में देर हो जाए।

रहीम : इस धूप में कहाँ जाइएगा सरकार। लू चल रही है। बाहर निकलते हुए हौल आता है।

हामिद : अरे भैया! गर्मी–सर्दी अमीरों के लिए है न कि हमारे–तुम्हारे लिए। हमारे लिए तो सभी मौसम एक जैसे हैं।

रहीम : छाता लेते जाइए। मेरे यहाँ एक रखा हुआ है। लू लग जाएगी।

हामिद : अबे बाइस्किल पे छाता क्या काम देगा! अच्छा तो मैं चलता हूँ, कोई मुझे पूछे तो कह देना...

रहीम : बहुत अच्छा हुजूर...

(एक मुख़्तसर[58]–सा वक़्फ़ा[59] जिसमें प्लेटों की खनखनाहट सुनी जाती है घड़ी चार बजाती है। एक–एक करके मोटरों के रुकने की आवाज़ें। मजमा[60] के शोर में। क़लन्दर अली ख़ान। सर फ़ीरोज़ जंग। नवाब तजम्मुल हुसैन ख़ान। राय बहादुर गंगा प्रसाद, कँवर इन्द्रजीत सिंह, ख़ान बहादुर मुश्ताक़ बहमद ख़ान। मिस बिमला रतन, मिस जान बर्नार्ड, सर फाटक चन्द के नाम सुनाई देते हैं। आवाज़ें एक–दूसरे में मिल जाती हैं। टेलीफोन की घंटी बार–बार बजती है)।

सर फ़ीरोज़ जंग : आदाब अर्ज़। कहिए नवाब साहब मिज़ाज अच्छे हैं। शौकत साहब बर्नार्ड को बिठलाइए। (टेलीफ़ोन की घंटी) शौकत मियाँ ज़रा टेलीफ़ोन पर देखिए कौन है। (चाय की प्यालियों और चम्मचों की आवाज़ें)

लेडी फ़ाटक : भई अब तो सब आ चुके। बच्चों को बुलवाइए...

सब : ज़रूर ज़रूर।

नवाब : ख़्वातीन[61] व हज़रात[62]! बहुत ख़ुशी का मुक़ाम है कि आप लोगों ने... मेरी इज़्ज़त अफ़ज़ाई[63] की है... मेरा मतलब है कि... मेरे बच्चे आप ही के बच्चे हैं। आपकी मेहरबानी से... और मैं ज़्यादा वक़्त नहीं लेना चाहता... सर फ़ीरोज़ जंग इस तक़रीब[64] की सदारत[65] बजा लाएँगे। यानी अंजाम देंगे और बच्चों को बुलाएँगे।

सर फ़ीरोज़ : पहले सलीमा बी गाना सुनाएँगी।

(तालियाँ)

एक आवाज़ : भई बहुत ख़ूब–बहुत ही ख़ूब।

हामिद : (आहिस्ता से) ख़ाक[66]...

एक औरत : हामिद साहब क्या कहा आपने?

हामिद : जी कुछ नहीं।

एक औरत : आप भी गाने का शौक़ रखते हैं?

हामिद : जी नहीं।

सर फ़ीरोज़ : अब जमीला बी अपने हाथ की बनी हुई तस्वीर आपको दिखाएँगी। (तालियाँ)

जमीला : (कुछ हँसते हुए) ये देखिए कुछ अच्छी नहीं है। मेरे ख़्याल में इस साड़ी का रंग सुर्ख़ होना चाहिए था। लेकिन... लेकिन कुछ इसी तरह बन गयी (फिर हँसती है)।

एक आवाज़ : भई क्या कहने बिलकुल ज़िन्दा मालूम होती है। जमीला बी। मुबारक हो – नवाब साहब वाह, वाह।

सर फ़ीरोज़ : अब साहबज़ादा शौकत आपको शेर सुनाएँगे। (तालियाँ)

शौकत : तस्लीमात। (उसी भोंडी आवाज़ में गाता है) :
फिर हरीफ़े बहार हो बैठे / जाने किस-किस को आज रो बैठे / थी मगर इतनी रायगाँ भी न थी / आज कुछ ज़िन्दगी से खो बैठे / सारी दुनिया से दूर हो जाए / जो ज़रा तेरे पास हो बैठे / न गयी तेरी बेरुख़ी न गयी / आज कुछ ज़िन्दगी से खो बैठे / तेरे दिल (नहीं) दर पे पहुँच के लौट आए / इश्क़ की आबरू डूबो बैठे
(हर शेर के बाद दादो-तहसीन[67] का हंगामा बुलन्द होता है)।

एक आवाज़ : भई ख़ूब शेर कहता है।

दूसरी आवाज़: नवाब साहब आप सा भी कोई ख़ुशनसीब होगा। एक लड़की गाना जानती है। एक मुसव्विर[68] है। लड़का शेर कहता है। और माशाअल्लाह आप खुद फ़ाज़िल[69] और मुअज़्ज़ज़[70] मशहूर हों। तर्बियत[71] हो तो ऐसी हो।

सर फ़ीरोज़ जंग :भई ये प्रोग्राम तो बहुत जल्द ख़त्म हो गया। कोई और साहब कुछ सुनाएँ।

औरत : (आवाज़) हामिद साहब आप भी तो सूरत से शाइर मालूम होते हैं। आप शेर नहीं कहते।

हामिद : जी नहीं।

शौकत : जी ये हामिद साहब भी शेर लिखा करते हैं।

सर फ़ीरोज़ जंग : हाँ हाँ मैंने भी उन्हें किसी मुशाइरा में देखा है। कुछ कहिए हामिद साहब।

हामिद : माफ़ी चाहता हूँ।

बहुत सी आवाज़ें : हामिद साहब हामिद साहब।
(तालियाँ)

हामिद : (धीमी आवाज़ जिसमें ग़ुस्से की झलक है) आप शेर सुनेंगे?

आवाज़ें : ज़रूर, ज़रूर।

हामिद : मुझसे?

आवाज़ें : ज़रूर, ज़रूर।

हामिद : (यकायक जोश में) मैं शेर सुनाऊँ? और अभी-अभी ये लड़का किसके अश्आर का ख़ून कर रहा था? क्या आपके ख़्याल में ये बनमानस का बच्चा शेर कह सकता है। जिसे ताश खेलने और गप्पें हाँकने के सिवा जहाँ भर में कोई काम नहीं।

शौकत : बको मत।

आवाज़ें : हैं! क्या आप क्या वाक़ई?

हामिद : (आवाज़ बिलकुल पागलों की सी होती जा रही है) और आपके ख़्याल में ये रेशम की गुड़िया तस्वीरें बना सकती है? ये जिसे मुँह लाल-लाल करने के सिवा किसी बात का सलीक़ा ही नहीं? जो सियाह और सफ़ेद रंगों में तमीज़ नहीं कर सकती। और वो लौंडिया जिसके गाने की तारीफ़ें हो रही थीं। बरसात की कोई मेंढकी इससे बेतहतर टर्रा सकती है। मैं शेर सुनाऊँ और ये बूढ़ा खूसट जिसे ये भी नहीं मालूम कि इसके चेहरे पर कितनी आँखें हैं?

नवाब : नाहँजार ! - ओहो माफ़ कीजिएगा। मुझे हरगिज़ ख़्याल नहीं रहा कि मेरे प्राइवेट सेक्रेटरी को कभी-कभी जुनून का दौरा हो जाता है। बेचारे को ख़ानदानी मर्ज़ है। अबे रहीम, कल्लन, लल्लू, हामिद साहब को ले जाओ और डॉक्टर को टेलीफोन करो कि फ़ौरन यहाँ पहुँचे। इन्हें वही पुराना दौरा हो गया है।

हामिद : हाँ, दौरा ही हो गया है।

एक औरत : बेचारा ग़रीब।

(लोगों के उठने की आवाज़ें, एक-एक करके मोटरों के रुख़्सत होने की आवाज़ें)

हामिद : बेचारा ग़रीब।

## शब्दार्थ

[1] पीड़ा, [2] समझ, [3] रविवार, [4] व्यस्तता, [5] सम्बन्ध, [6] ज्ञान, जानकारी, [7] विषय, [8] भाषा, [9] अति आवश्यक, [10] परिचय, [11] समारोह, [12] अध्यक्षता, [13] उपाधि, [14] सूची, [15] सम्पादित, [16] लाभदायक, [17] प्रकाशित, [18] उद्देश्य, [19] उज्ज्वल, [20] गन्दगी, [21] प्रलोभन, [22] पल, [23] प्रस्ताव, [24] पानी भरनेवाली चीज़, [25] झाड़ू लगाने वाले, [26] ओदशात्मक, [27] कविता की पंक्ति, [28] सूची, [29] निमन्त्रण पत्र, [30] ग़ज़ल की पहली दो पंक्तियाँ, [31] शत्रु, [32] शक्कर रखने का बर्तन, [33] अकारत, [34] रेखा चित्र, [35] उपयोगी बनाना, [36] खोजना, [37] क्रमबद्ध, [38] कलात्मक, [39] आत्मा, [40] सदाचार, [41] बर्बाद, [42] संग्रहालय, [43] ख़राबी, [44] वार्षिक समारोह, [45] सम्बन्धित, [46] अधिक समय से, [47] अन्तर्गत, [48] लाभकारी, [49] हाथ फैलाना, [50] आदेश, [51] जानकारी, [52] अमीर, [53] चाक़ चौबन्द, [54] कमी, [55] लाचारी, [56] घृणित, [57] गाने का तरीका, [58] क्षणिक, [59] शून्य काल, [60] भीड़, [61] देवियो, [62] सज्जनो, [63] सम्मान, [64] समारोह, [65] अध्यक्षता, [66] मिट्टी (व्यंग्यार्थ), [67] वाहवाही, [68] चित्रकार, [69] विद्वान, [70] सम्मानित, [71] प्रशिक्षण

❑❑❑